ro
ro
ro

rororo

Der ungarische Autor Szilárd Rubin, geboren 1927 in Budapest, gestorben im April 2010, veröffentlichte bereits seit den fünfziger Jahren Romane. Würdigung erfuhr der geistreiche Melancholiker aber erst in den letzten Jahren seines Lebens. So wurde die «Kurze Geschichte von der ewigen Liebe» (rororo 24936), erstmals 1963 erschienen, 2004 in Ungarn als Neuausgabe zum Ereignis. Auch in Deutschland wurde mit diesem Roman der Schriftsteller Szilárd Rubin als eine der wichtigsten Stimmen der ungarischen Literatur wiederentdeckt.

«Szilárd Rubin zeigt uns eindringlich, wie aus wilder Leidenschaft eine alles verschlingende Hassliebe wird. Und wir bleiben atemlos zurück.» (Cosmopolitan)

Szilárd Rubin

Eine beinahe alltägliche Geschichte Roman

Aus dem Ungarischen
von Andrea Ikker

Rowohlt Taschenbuch Verlag

Die Übersetzung wurde gefördert mit Mitteln der Hungarian Book Foundation.

HUNGARIAN BOOK FOUNDATION

Veröffentlicht im
Rowohlt Taschenbuch Verlag,
Reinbek bei Hamburg, Januar 2012

Die Originalausgabe erschien unter dem Titel «Római Egyes»
im Verlag Magvető, Budapest
Das Zitat von Gustav Janouch entstammt dem Buch
«Gespräche mit Kafka», Fischer Taschenbuch Verlag, 1961, S. 30
Satz aus der Fleischmann PostScript bei
hanseatenSatz-bremen, Bremen
Druck und Bindung Druckerei C. H. Beck, Nördlingen
Printed in Germany
ISBN 978 3 499 25543 4

Eine beinahe alltägliche Geschichte

1

Es war fünf Uhr am Morgen, ich lag in meinem Krankenbett und konnte nicht schlafen, da fiel mir das Inserat ein, das Ali Baksay für mich aufgeben wollte:

> Alternder, geistesgestörter Junggeselle, väterlicherseits jüdisch-galizischer Abstammung, mieses Einkommen, schwere Wirbelverkalkung und chronisches Hautleiden, sucht zwecks Heirat junges, knabenhaftes Mädchen, Typ Nymphe, vorzugsweise aus alter Offiziersfamilie, mit überdurchschnittlich gutem Verdienst. Zuschriften unter der Chiffre: ‹Gern auch Mädchen aus der Provinz›.

Ali hatte mir den Text am Telefon vorgelesen, an einem Samstagnachmittag um halb drei.

«Und, gefällt dir die Anzeige?»

«Nun ja …»

«Aber treffend ist sie doch?!»

«Hm.»

«Und wie geht's dir sonst?»

«Ich liege im Bett und lese einen Krimi.»

«Ist er spannend?»

«Nein.»

«Gehst du heute noch irgendwohin?»

«Wo soll ich denn hingehen?»

«Stimmt auch wieder. Also, mach's gut.»

Das Rauschen der freien Leitung war längst verstummt, ein Besetztzeichen tutete mir ins Ohr, doch ich legte nicht auf.

Bevor die Zentrale die Leitung getrennt hatte, konnte ich im Hintergrund noch das leise Lachen von Miki Czakó hören. Spöttisch klang es aber nicht, eher mitfühlend.

Wenn ich ihn anriefe, um ihm zu sagen, dass ich da einen tollen Stoff hätte …

Vor vielen Jahren, als ihm meine Freundschaft noch etwas wert gewesen war, hatte er mich oft gefragt, ob ich nicht ein Drehbuch für ihn schreiben möchte. Das war, bevor ich ihm so übel mitspielte und die Geschichte, zu der er schon ein Szenario erstellt hatte, einem gerade angesagten Regisseur zuschanzte. Czakó hätte damals wahnsinnig gern einen Film gedreht, man ließ ihn nur nicht. Alle hielten ihn für einen Dilettanten, ich übrigens auch. Er war mir außerdem vollkommen gleichgültig. Ich selbst war in der Szene so etwas wie ein großer Unbekannter, ich galt als Außenseiter, auf den man dennoch setzen konnte, und hatte bereits vier oder fünf Verträge für Romane, Filme und Hörspiele in der Tasche.

Damals, Ende der Fünfziger, wohnte Czakó über dem Café Emke zur Untermiete. Um zu seinem Zimmer zu gelangen, musste man an diversen Wohnräumen vorbei, zwischen denen mal eine kleine Duschkabine, mal eine Vorratskammer und mal eine Toilette eingeklemmt war. Auf dem Fußboden seines Zimmers lag eine Matratze, die mit einem Schafsfell bedeckt war, darauf stand eine schöne Schale aus Koronder Porzellan, und in der Schale lagen Orangen. Über eine Leselampe zum Festklemmen verfügte er auch, doch meist brannte nur eine Kerze. Exakt zwanzig Sekunden lang saß man im Halbdunkel, dann erstrahlte das Zimmer im Schein der Leuchtreklame, die an dem Mietpalast auf der gegenüberliegenden Seite der Ringstraße montiert war. Czakós Kleidung hing an Nägeln an der Wand. Und obwohl es nicht viele waren, wirkten die verschlissenen Sachen – die unter Haarausfall leidende Pelzmütze und der mit zahllosen Flicken ausgebesserte Pelzmantel – in diesem unwirklichen Licht wie Exponate in einem Museum.

Auf dem Schafsfell saß der ehemalige Adjutant des letzten ungarischen Stadtkommandanten von Klausenburg – die Siebenbürger Vergangenheit hinter sich, die Orangen als Vorboten künftigen Ruhmes noch vor sich. Später, als sich dieser Ruhm nur noch mit Bartók'schen Maßstäben messen ließ, fühlte er sich in Italien am wohlsten. Ich malte mir aus, wie Czakó gutmütig über mich und die Sache mit der Anzeige lachte, und sah plötzlich sein Gesicht mit den tiefen, wie von Krähen ausgehackten Augenhöhlen vor mir: Dieses Gesicht hätte schön aussehen können, im Tode sogar siegesgewiss. Das Lebendige darin störte hingegen nur. Dafür hatte die Natur Czakó mit einem vollkommenen Körper beschenkt: Drehte er an heißen Sommertagen in der Puszta, mit nichts als einer lendenschurzartigen Badehose bekleidet, sah er aus, als würde er gleich eine Husarenjacke mit goldenen Knöpfen überziehen und nicht etwa einen abgetragenen Pullover. Nun hatte er aber – fast muss man sagen bedauerlicherweise – diese Augen. Jeder gute Bildhauer hätte auf den ersten Blick erkannt, dass dieses Gesicht von Gott selbst dazu erschaffen worden war, die Augen ausgestochen, ausgeschossen oder ausgehackt zu bekommen, um dem Betrachter als Büste mit leeren Augenhöhlen entgegenzustarren. Es war das Antlitz eines blinden Helden. Czakó jedoch wurde Filmregisseur und hatte einen außergewöhnlich scharfen Blick, dem ich schon damals, als er auf dem Schafsfell in der Ecke kauerte und noch nichts zuwege gebracht hatte, kaum standhalten konnte, egal, wie geschickt er ihn zu verbergen versuchte – wusste er doch selbst am besten, dass er vom Schicksal mit einem Augenpaar bedacht worden war, das ihm in der Kunst sehr nützlich, für den Privatgebrauch dagegen völlig ungeeignet war.

Der Gedanke an diesen beklemmenden Blick bewirkte nun endlich, wofür meine Selbstachtung nicht ausgereicht hatte: Ich legte den Hörer auf. Dann widmete ich mich wieder meinem Krimi, mit dem ich den verbleibenden Nachmittag totzuschlagen gedachte.

«Er ist vergiftet worden», vermeldete der medizinische Sachverständige. «Und zwar mit einem leicht zu beschaffenden Gift.»

Der Inspektor nickte. «Ein Medikament?»

«Oh, viel einfacher. Werfen Sie doch mal einen Blick aus dem Fenster. Was sehen Sie?»

«Einen Goldregenstrauch.»

Obwohl schon März war, fiel der Schnee, der bei Alis Anruf zu rieseln begonnen hatte, mittlerweile in dicken Flocken. Mit dem Auto fuhr bei diesem Wetter kaum jemand nach Budapest. Und schon gar nicht, um mich zu besuchen.

Dennoch klingelte um drei erneut das Telefon. «Hier ist Piroska Benkő», sagte eine junge Stimme, glockenhell und zugleich irgendwie seltsam. Als hätte ein kleiner Wolf seinen Kopf aus dem Wald gesteckt, das Glöckchen des in der Herde vermissten Lämmchens um den Hals.

Nachdem jetzt ein ganzes Jahr verstrichen war, seit wir uns zum ersten Mal begegnet waren, hob ich den Blick zu der Fotografie, die über meinem Bett hing. ‹Häng mich bloß hier ab!›, schienen die stechend schwarzen Augen, die winzige, spitze Nase und das kleine, scharfe Kinn voller Zorn zu sagen.

Bereits seit zwei Wochen residierte ich in der Kurklinik von Harkány, ganz allein in einer engen Zelle im ersten Stock des alten Gebäudes. Ich erwachte jeden Morgen um Punkt fünf, und immer sah mich Piroska zornig an.

Ich setzte mich auf, um in die spätwinterliche Nacht zu spähen. Noch hatte es nicht zu dämmern begonnen. Durch das bullaugengroße Fenster meines Zimmers konnte ich die Laternen an der verschneiten, im Zwielicht schimmernden Promenade sehen. Zu dieser Stunde bin ich einst geboren worden, und noch bevor die Lichter erlöschen würden, wäre ich vierundvierzig Jahre alt.

Piroska war keine siebenundzwanzig …

Ich kramte nach dem Telegramm, das ich in meinem Nachtschränkchen verwahrte. Es war dunkel, doch auch bei Licht hätte ich nicht mehr gesehen als diese vierundzwanzig Worte, die ich ohnehin auswendig kannte.

+++ Betreffende hat heute Morgen angerufen zu deinem Geburtstag schreibt sie oder kommt dich besuchen bitte keine Dummheiten Sache kommt vielleicht noch in Ordnung Ali +++

Der Klinikpförtner hatte mir die Nachricht, die ihm vom Postamt telefonisch übermittelt worden war, gleich bei meiner Ankunft in Harkány ausgehändigt. Doch was, wenn er etwas falsch notiert hatte?

Vor dem Haupteingang wartete das einzige Taxi des Ortes. Ich ließ mich auf den Beifahrersitz fallen und sprang zwei Minuten später vor dem Postamt wieder aus dem Wagen.

Mit Ministrantenhaarschnitt und einer Visage, die aussah wie ein zur Rattenfratze mutiertes Schülergesicht, mochte ein erwachsener Mann auf den ersten Blick sonderbar wirken; doch etwas anderes als das Original des Telegramms wollte ich ja gar nicht. Dennoch widerfuhr mir nahezu das Gleiche wie in meiner Jugend, als ich von meinem Klassenlehrer einmal beim Spaziergang mit einem Mädchen erwischt wurde: Am nächsten Tag erteilte er mir im Lehrerzimmer eine Rüge. Die Damen auf dem Postamt warfen sich Blicke zu, als enthielte das Schriftstück lauter obszöne Ausdrücke. Erst dann war eine von ihnen so freundlich, es herauszusuchen, und eine andere schob es mit vorwurfsvoller Miene unter der Glasscheibe hindurch. Dieses Benehmen war nichts Neues für mich, und ich kannte jemanden, dem es in solchen Situationen ähnlich erging: Martinszky. Wie oft hatten wir uns gegenseitig gefragt: ‹Wie kommt das bloß? Verstehst du das? Was ist so skandalös daran, wenn einer von uns mit einem Mädchen …? Warum benehmen sich sogar Wildfremde plötzlich so feindselig?›

Begriffen hatte ich das nie, mit dem Telegramm in der Hand war es mir allerdings auch egal. Beschwingt trat ich aus dem Postamt.

Erst jetzt bemerkte ich die Sonne. Die Sonne schien! Und zwar in ganz Harkány! Sowohl auf der linken als auch auf der rechten Straßenseite! ‹Baš je lepo – die hat Kraft!›, dachte ich gutgelaunt und verfiel unwillkürlich in die Sprache der serbischen Wassermüller, schwäbischen Fischverkäuferinnen und schokatzischen Töpfer. Ich war wieder daheim.

Ein paar Schritte weiter fiel mein Blick auf das große Tor eines alten Gebäudes, das unserem in Mohács zum Verwechseln ähnlich sah. Sowohl die riesige Kupferklinke als auch das mit bunten Bleiglasfenstern verzierte Innentor dahinter funkelten mir aus meiner Kindheit entgegen. Warum hatte ich beim Blick in die lila und gelb schimmernden Einfahrten trotzdem ein Gefühl von Leere? Vielleicht weil die Häuser in Harkány für mich verschlossen blieben, während sich unser Mohácser Tor weit aufgetan hatte, und weil ich in dem erbsengrünen Licht das zweisitzige Automobil des jungen Marineoffiziers sah, der in unserem Haus einquartiert gewesen war. Wenn ich ihm das Tor öffnete, durfte ich in dem winzigen Steyr Cabriolet, dessen schwarzes Stoffdach gerade mal so groß war wie der geöffnete Regenschirm meiner Großmutter, immer neben ihm Platz nehmen. In meiner gesamten Kindheit habe ich keine Reise unternommen, die länger war als die paar Meter zwischen dem Gehweg und dem Drehradbrunnen in unserem Hof, doch jene Autofahrt war für mich ein einziger Rausch. In diesen Rausch verfiel ich erneut, sobald ich bei meinem ersten Zusammentreffen mit Piroska den Zündschlüssel in ihrer Hand erblickte. Und später, als ich in ihrem Wartburg saß, zog er mich mit hundertfacher Gewalt in seinen Bann.

Obwohl ich die Volksschule in Mohács und das Abitur in Pécs absolviert hatte, kannte ich Harkány vom Hörensagen und aus den Erzählungen meiner Großeltern mütterlicherseits ganz gut. Diese hatten Jahr für Jahr ein paar Wochen hier verbracht, um sich vom Rheuma zu kurieren, das sie sich auf der Donau zugezogen hatten; waren in den ersten Jahren ihrer Ehe doch zugige Ladeflächen von Schleppkähnen, später dann Kapitänskajüten von Dampfschleppern ihr zweites Zuhause. Auf dem Schiff hatten sie sich den «Hund» geholt, dort hatte sich ihnen das Rheuma in Knochen und Gelenke gefressen. Verständlich also, dass sie ihre Ferien, wenn sie schon einer Badekur zum Opfer fielen, in größtmöglichem Komfort verbringen wollten und sich daher jedes Jahr dieselbe geräumige und vertraut gewordene Badekabine mieteten. Großvater konnte nach seiner in der Wanne verbrachten Stunde, wenn er im Weidenflechtkorb saß, genüsslich seine Zigarre rauchen, während Großmutter am liebsten auf dem Sofa lag und über die zerrüttete Ehe meiner Eltern sinnierte – und über den täppischen Jungen, der ich war.

Von dem, was mit Worten ausgedrückt wurde, begriff ich als Kind so gut wie gar nichts. Als Großvater mich einmal bat, ihm etwas Wasser zu bringen, da geschah es, dass er hinter seiner Zeitung hervorblickte, und ich stand vor ihm, die zu einer Muschel geformten Hände bis zum Überlaufen mit Wasser gefüllt. Erschrocken sah ich, wie er erblasste, aber auf die Idee, ich hätte zwischen mich und das Wasser noch etwas anderes fügen sollen, ein Glas oder eine Tasse, war ich von alleine nicht gekommen.

Das allergrößte Rätsel jedoch war und blieb Mutters Frage.

Die Terrasse unseres Häuschens auf dem Weinberg war an Sommerabenden von Faltern und Stechmücken bevölkert. Also wurden die Kerzen gleich nach dem Abendessen gelöscht, und die Erwachsenen unterhielten sich leise im Dunkeln. Für gewöhnlich fragte Mutter irgendwann: «Warten wir das Schiff ab?»

Die Frage verblüffte mich jedes Mal. Wie sollte ein Schiff den Weinberg heraufkommen, wenn selbst die Droschke uns bloß bis zum Fuß des Berges brachte! Nur zu gern wäre ich wach geblieben, um dieses Wunder mitzuerleben, aber immer schlief ich kurze Zeit später ein.

Gegen Mitternacht schreckte ich dann hoch. Sogar mit geschlossenen Augen spürte ich das Licht auf meinem Gesicht, das die Terrasse flutete. Es streifte über die mit Efeuranken bewachsene Hausmauer, brachte die Weingläser zum Glühen und beleuchtete die Gesichter.

«Es ist da ...», sagte jemand.

Doch wie sehr ich auch Ausschau hielt: Das Schiff erschien nur den anderen.

Ich war zu klein, um meine Fantasie von Geisterschiffen kreuzen zu lassen – ich wäre unweigerlich zu der Überzeugung gekommen, dass ich meine Kindheit inmitten einer Familie verlebte, die bei einer Schiffskatastrophe den Verstand verloren hat und nun Nacht für Nacht den Dampfer zu sehen glaubte, auf dem sie Schiffbruch erlitten hatte.

Aber noch konnte ich nicht einmal lesen, geschweige denn von der banalen Tatsache wissen, dass es bloß um das Linienschiff der MEFTER ging, das in Budapest abgelegt hatte und fahrplanmäßig in Mohács eingetroffen war. Seine Scheinwerfer waren es, die am Flussufer entlangstrichen und ihr Licht quer durchs Tal auf unseren Weinberg warfen, sobald das Schiff die Flussbiegung erreichte.

Dann wurde es rasch wieder dunkel, der Lichtkegel

flog weiter und entflammte am Berghang immer neue Terrassen, bevor er ganz verschwand.

Im Krieg waren viele Schiffer ums Leben gekommen, am Ende musste sogar mein längst pensionierter Großvater als Kommandant des Schleppdampfers *Hungária* wieder in den Dienst treten. Da er nur noch selten zu Hause sein würde, nahm er bei einer seiner Fahrten gleich mehrere Familienmitglieder mit aufs Schiff. Zustieg war in Mohács, Ausstieg in Dunaszekcső. Allerdings ging es Großmutter gesundheitlich nicht gut, und Tante Panni erwartete ein Kind, daher blieben sie zu Hause. Großvater war der Meinung, auf dem Dorf seien sie ohnehin besser aufgehoben als in der Stadt, weil dort keine Bomben gelegt wurden und es mehr zu essen gab.

Eines der Häuschen der Wasserwacht lag etwa auf halber Strecke zwischen Mohács und Dunaszekcső und wurde aus irgendeinem Grund Dobre genannt. Auf Höhe dieses Häuschens lief die *Hungária* eines Abends gegen halb zehn auf eine Mine. Da die Frachtkähne erst in der Stadt Paks angekoppelt werden sollten, fuhr der Schubschlepper allein über den Fluss. Das Wrack ging innerhalb von Minuten unter, und der Mann von der Wasserwacht, der die Explosion gesehen hatte, ruderte vergeblich zum Ort des Geschehens. Bis er die Flussmitte erreichen konnte, hatten die dunklen Wassertiefen selbst die Toten verschluckt – an der Oberfläche war von der Tragödie nicht die geringste Spur zu sehen.

Damals warfen britische Bomber häufig Seeminen ab, das war allgemein bekannt, ganz besonders unter den Donauschiffern. Passagiere auf dem Wasserweg zu befördern, war purer Leichtsinn, auch wenn es den Vorteil hatte, dass an Deck eines Schubschleppers nicht nur Koffer und Körbe Platz fanden wie im Linienbus, sondern auch Kleiderschränke, Kinderwagen und Bienenstöcke. Andererseits war es von Mohács bis Dunaszekcső nicht sehr weit, eine Haltestelle mit dem Personenschiff und nicht einmal eine Stunde Fahrzeit. Vielleicht hatte Großvater darauf vertraut, womöglich hatte er aber auch bedauert, dass die Fahrt so kurz war, da er von seiner Familie ohnehin so oft getrennt war und sie auf dem Schiff zumindest für eine Weile um sich hatte.

Sie alle sind bodenständige, kinderliebe und mir gegenüber besonders nachsichtige Menschen gewesen. Nie verhängten sie eine Strafe über mich, nie taten sie mir Unrecht oder erschreckten mich – ausgenommen an jenen Sommerabenden, da sie auf der Terrasse des Weinberghäuschens saßen, die Gesichter plötzlich hell erleuchtet, und die magischen Worte sprachen: «Es ist da ...» Mit welcher Ruhe sie das auch taten, stets hatte ich das Gefühl, in der Dunkelheit säßen Menschen, die ein furchtbares Geheimnis hüteten.

Von all dem gehörten jetzt nur noch das Haustor in Harkány und der nahe dem Kurort in die Höhe ragende Weinberg der Wirklichkeit an. Das mochte der Grund dafür sein, dass mich dieses Bild mit solch einer Macht in meine Kindheit zurückversetzte, und das nicht nur am ersten Tag. Im Gegenteil: Ich war schon wieder auf der Promenade vor dem Krankenhaus angelangt, als die Angst erneut wie eine Woge über mir zusammenschlug. Was, wenn Piroskas Anruf bei Ali nur eine Falle war, ein Hinterhalt?

Verlassen hatte sie mich ebenfalls ohne jede Vorwarnung. Abends waren wir noch zusammen im Kino, und am nächsten Morgen teilte sie mir am Telefon mit, sie wolle mich nie wieder sehen. Und an diesen Vorsatz hat sie sich gehalten: Versuchte ich, sie fortan auf dem dunklen Hof der ORION-Fabrik abzufangen, der noch in Dunst gehüllt lag, wenn sie zu ihrer frühen Sprechstunde fuhr, blickte sie einfach durch mich hindurch. Mein gequältes Murmeln, sie möge mich doch anhören, ignorierte sie stumm. Auch wenn ich sie abends zu Hause anrief, würdigte sie mich keiner Antwort, sondern legte einfach auf.

Und jetzt das Telegramm. Es schien mir wie ein Wunschtraum, den ich mir selbst ersonnen hatte; ganz ohne jene unergründliche List, mit der das Schicksal, wenn es so will, dem verloren geglaubten Spiel eine neue Wendung gibt.

Während mich eine Krankenschwester zu meiner Zelle hinaufgeleitete, der Arzt, der die Anamnese verfasste, mir lauter Fragen stellte, und als man mir schließlich den mit geheimnisvollen Pfeilen gespickten Plan aushändigte, der Tage und Behandlungen in einen sinnvollen Zusammenhang brachte, überlegte ich pausenlos, wann es noch gleich war, dass Piroska erstmals selber von dem Kameramann gesprochen hatte, der ihr die Ansichtskarte von der Antarktis geschickt hatte. Es muss etwa drei Wochen vor unserer Trennung gewesen sein, denn ab diesem Zeitpunkt war Gefahr im Verzug, das spürte ich. Ali gegenüber hatte ich meine dunklen Vorahnungen erwähnt, doch er zeigte sich wenig beeindruckt. Seiner Meinung nach war Piroska eine richtige Raubkatze, die Großwild jagen wollte; doch da sie eine schlechte Nase habe, gerate sie immer wieder in die Fänge von Tagedieben, die nur auf ihr Fell aus waren. So auch in meine. «Der Typ, von dem sie die Karte hat», sagte Ali noch, «ist nie im Leben in der Antarktis gewesen. Der ist nicht einmal Kameramann, sondern bestenfalls Kabelträger. Die Briefmarke hat er von einem Sammler, und die Postkarte irgendwo in Rumänien eingeworfen, wahrscheinlich in der Nähe der Filmstudios von Buftea, in Snagov zum Beispiel.»

Obwohl die Vorstellung etwas für sich hatte, konnte mich Alis Erklärung nicht überzeugen. Selbst jetzt, nachdem ich das Telegramm erhalten hatte, nicht. Denn auch wenn mein Nebenbuhler aus Snagov geschrieben haben sollte, war Piroska durchaus zuzutrauen, dass sie zunächst ihre gesamte Umgebung in Sicherheit wiegte, um sich dann unversehens aus dem Staub zu machen und – die große weite Welt vor sich – bis zum Südpol zu reisen.

Während das alles jedoch nur Hirngespinste waren, ereilte mich am Nachmittag tatsächlich ein böses Omen. Ich ging hinunter zum Pförtner, um eine Zeitung zu kaufen, und während ich auf mein Wechselgeld wartete, ließ ich den Blick über die Stacheln der *Opuntia vulgaris* schweifen, die auf der Theke am Eingang stand. Ich bereute es augenblicklich. Kaum hatte ich die Zeitung aufgeschlagen, sprang mir die kurze Nachricht ins Auge: In zwei Wochen sollte die Kakteenausstellung der Hochschule für Gartenbau eröffnet werden, ein fünfundzwanzig Meter hoher *Cereus giganteus* würde dort zu sehen sein. Ich konnte nur hoffen, dass Piroska die Ausstellung gleich am Eröffnungstag besuchte, also am Samstag, sonst würde sie den Sonntag dafür opfern müssen – und da war mein Geburtstag. Denn unter der Woche musste sie ihrer Arbeit in drei verschiedenen Zahnarztpraxen nachkommen: In der Fabrik von ORION, in der Schule im Bezirk V und bei sich zu Hause. Und eine ganze Woche würde sie ein Ereignis wie eine Kakteenausstellung sicher nicht aufschieben.

Meine Hoffnung zerrann, die Zweifel mehrten sich, und gegen Abend kam mir der Text des Telegramms bereits vor wie jene verlogenen Worte, die Johannes von Esztergom zugeschrieben werden. Ganz im Stil des zu Zeiten Endres II. lebenden Bischofs, so stellte ich mir vor, hatte Ali Baksay telegrafiert:

+++ die Königin zu ermorden müsst ihr euch nicht fürchten seid ihr dafür werde ich nicht dagegen sein +++

Genaueres hätte ich nur am Telefon erfahren können, aber soweit ich wusste, weilte Ali seit heute Mittag mit Czakós Crew auf einem Schiff auf der Donau, das die MAFILM angemietet hatte.

Blieb also nur Laci Martinszky.

Mit ihm verband mich eine andere Art von Freundschaft. Geknüpft hatten wir sie zwar als erwachsene Männer, ihr Ursprung lag jedoch in den einsamen Stunden unserer Kindheit, jener Stille, in die Ali mir nicht zu folgen vermochte, der Verlorenheit, in der ich mehr mit einem Kieselstein gemeinsam hatte als mit einem Kind. Denn diese Stille löste sich, und die Stummheit zersprang in meinem ebenso wie in Lacis Innern, als wir beide Freunde wurden. Mit Tränen in den Augen vor Lachen rief er: «Du halt den Mund! Du weißt ja gar nicht, was Einsamkeit bedeutet! Du bist in einem englischen Garten ausgesetzt worden, ich dagegen in einem Brunnen!»

Inzwischen schienen wir allerdings die Plätze getauscht zu haben. Während ich schon in Ungarn kaum gelesen wurde, galt er seit einigen Jahren sogar im Ausland als bedeutender Schriftsteller. Seine Bekannten regten sich über unsere Freundschaft auf. Einer von ihnen gab mir das sehr deutlich zu verstehen, als er uns einmal zusammen antraf: «Sei mir nicht böse, aber so etwas ist mir noch nicht untergekommen! Ali und du, ihr erinnert mich an Dick und Doof, Laci und du hingegen, ihr seid wie Hamlet und Horatio. Jetzt stell dir vor, was das für ein Bild abgibt, wenn Hamlet mit Stan Laurel auf einer Parkbank vor der Burg hockt und zu ihm spricht, als wäre er sein einziger wahrer Freund!» Aufgebracht rannte Lacis treuer Anhänger davon.

Und ich ließ die Krankenschwester einfach stehen, als sie mich in mein Zimmer scheuchen wollte, die Lichter waren bereits gelöscht. Als ehemalige Nonne war sie zu alt und zu schwach, um es mit mir aufzunehmen, und so hätte sie mir mindestens Czakós in Karlsbad gewonnenen Kristallglobus auf den Kopf fallen lassen müssen, damit ich mich ins Bett legte. Wobei ich sagen muss, dass mir die Trophäe schon Schmerzen genug bereitete, stammte doch das Drehbuch des preisgekrönten Films aus Alis Feder. Das Skript zu Czakós neuem Film, dessen Dreharbeiten heute begannen, war ebenfalls von ihm. Die Handlung beruhte, das kam noch hinzu, auf einem persönlichen Erlebnis von Martinszky.

Es war in einem der Nachkriegssommer, als Laci Martinszky mit seinem sechsjährigen Patensohn einen Ausflug auf dem Passagierschiff unternahm, das die Donau hinunterfuhr; es hatte den Fährverkehr zwischen Budapest und Mohács gerade wieder aufgenommen. Am Nachmittag sonnten sich die beiden an Deck, wo es nur so von jugoslawischen Jugendlichen wimmelte, die auf Einladung der MADISZ ihre Ferien in Ungarn verbrachten. Als sie sich abends in der Kajüte schlafen legen wollten, hatte der Junge plötzlich Fieber. Sein Rachen schwoll an, er konnte kaum noch schlucken, litt unter Atemnot. Laci bekam es mit der Angst zu tun, dachte aber, das Schiff würde in wenigen Minuten in Baja anlegen, wo man von der Anlegestelle aus umgehend den Rettungsdienst würde alarmieren können. In dem Bemühen, schon vorher einen Arzt aufzutreiben, verließ er das verzweifelt nach Luft ringende Kind und klopfte an eine Kajütentür nach der anderen. Doch nicht eine einzige wurde geöffnet. Als er einen Augenblick innehielt, wurde er mit einem Mal einer verhängnisvollen Tatsache gewahr: Das Schiff gab keinen Laut von sich. Am erstarrten Maschinenraum vorbei rannte er auf das Zwischendeck und bemerkte, noch bevor er es erreicht hatte, die ersten Nebelschwaden. An Deck angelangt sah er, dass die *Hl. Gellért* in einem Milchkrug steckte und womöglich bis zum Morgen nicht würde weiterfahren können. In dieser Sekunde blinden Entsetzens stürmte Martinszky die Stiege zur Steuerbrücke hinauf, wo er unversehens dem Kapitän gegenüberstand. «In dem Moment dachte ich: Das ist es wohl, was die Leute meinen, wenn sie von Gnade sprechen», erzählte er später. Denn in dem Schiffsführer erkannte er einen alten Freund seiner Familie, die aus dem Banat stammte.

Es hatte sich nämlich herausgestellt, dass der Junge alle Symptome einer gefährlichen Diphtherie aufwies und – das war allen Beteiligten sofort klar – nur durch einen Eingriff wie einen Luftröhrenschnitt gerettet werden konnte. Als jedoch feststand, dass sich an Bord kein Arzt befand, erklärte sich der Kapitän bereit, weiterzufahren und so das Risiko auf sich zu nehmen, mit einem vor ihnen ankernden Schiff zusammenzustoßen – die Schlepper und Vergnügungsdampfer waren in dem dichten Nebel weder sichtbar, noch antworteten sie auf die wieder und wieder abgegebenen Nebelhornsignale.

Aber plötzlich winkte Laci ab: «Wenn das Schiff sinkt, sterben womöglich hundert Menschen. Das wäre Massenmord!»

Der Kapitän wies auf die im Nebel kauernden serbischen Fahrgäste: «Und was die da gemacht haben, wie würden Sie das nennen?!»

«Ach, die Serben. Die haben doch nur gekämpft …»

«Nachdem sie schon längst die Sieger waren? Auf dem Sportplatz in Nowa Sol? Und in Bezdan? Und in Szabadka neben dem Friedhof an der Zentai-Straße?»

Obwohl er all das nur zu genau wusste, war es letztendlich Laci, der sich dafür entschied, den möglichen Tod des Jungen in Kauf zu nehmen – was Kenner der wahren Begebenheit mal als Kierkegaard'sche Entscheidung, mal als Vorahnung betrachteten.

Denn einen kleinen Hoffnungsschimmer gab es: Zwei Männer von der Schiffsmannschaft boten an, ans Ufer zu rudern, um in der nächstgelegenen Ortschaft nach einem Arzt zu suchen. Als sie in ein Boot gestiegen waren und die Strömung sie flussabwärts trieb, da konnten sie mit einem Mal Tanzmusik hören – die Melodien, gespielt von einem unsichtbaren Orchester, begleiteten das Plätschern ihrer Paddel, bis sie das felsige Ufer erreicht hatten. Auf einem großen Stein saß dort der ortsansässige Arzt.

Aus Laci selbst vermochte ich es nicht herauszukitzeln, warum er sich so entschieden hatte, daher wandte ich mich schließlich an Ali Baksay. Worauf Ali die denkbar bodenständigste Antwort gab, die zugleich entwaffnend einfach war: «Weil er gern Zeitung liest. Am Tag vor dem Ausflug hat er offenbar sämtliche noch so langweiligen Redaktionsmeldungen durchgestöbert. Natürlich bleibt das Wunder dennoch ein Wunder. Aber ein Wunder ist auch, dass Laci trotz seines Genies zu so etwas fähig war. Ja, dass ... Warte, wie soll ich sagen ... dass sein Genie sogar bei solchen Banalitäten zum Vorschein kommt.»

Gegen zwei Uhr nachts, das Kind war bereits außer Lebensgefahr, lichtete sich allmählich der Nebel, und vom Deck der *Hl. Gellért* aus erblickte man den in einiger Entfernung vor Anker liegenden, hell erleuchteten Luxusdampfer. Die Fahrgäste trugen Smoking und Abendkleid. Es waren Teilnehmer des Chirurgenkongresses, der in Budapest stattfand, allesamt Akademiker, Professoren und sonstige Koryphäen – über hundert Ärzte, die sich in größter Sorglosigkeit amüsierten. Bestimmt waren nicht alle betrunken, doch im Falle eines Zusammenstoßes wäre wohl keiner in der Lage gewesen, auch nur sein eigenes Leben zu retten. Ob Laci seine letzte Hoffnung in sie gelegt hatte?

Einmal fragte Ali ihn en passant, ob er das Zusammentreffen mit dem ortsansässigen Arzt für einen Zufall gehalten habe, wartete die Antwort aber gar nicht erst ab. Er hatte seine eigene Erklärung: «In meinen Augen war dieser Mensch so etwas wie ein brachliegendes Talent: Er war zu Höherem bestimmt. An jenem Abend kam er gerade von einem Patienten, da lockte ihn die Musik ans Flussufer, wo sein Schicksal mit dem Auftauchen des Ruderboots eine ganz neue Wendung bekam. Na, was meinst du dazu?»

Das war also der Stoff des Films, den Czakó zur

Stunde in der Gegend von Dusnok drehte, während ich über die stillen Krankenhauskorridore irrte und zwischen Erdgeschoss und erstem Stockwerk hin- und herwanderte, da ich trotz meines durch das Schlafmittel benebelten Kopfes nicht schlafen konnte.

Um zehn beschloss ich, in Paris anzurufen.

Laci war bereits vor zwei Wochen nach Frankreich abgereist. Welche Ereignisse dem Telegramm vorausgegangen waren oder wie die Stimme der «Betreffenden» am Telefon geklungen hatte, konnte ich von ihm also vorerst nicht erfahren. Doch allein die Tatsache, ihm von dem Vorgefallenen berichten zu können, versprach mir einen gewissen Trost.

Es dauerte eine halbe Ewigkeit, bis der Nachtpförtner eine Verbindung zur Zentrale in Siklós hergestellt hatte, dafür kam aus Budapest binnen weniger Minuten die Antwort, bei Madame Christa Schweller melde sich niemand. In diesem Moment fiel mir ein, dass Laci mir ja geschrieben hatte, bei wem er an diesem Abend eingeladen war. Zwar wusste ich auf die Schnelle nur den Straßennamen, Rue de Tournon, doch in Budapest wurde die richtige Nummer rasch aus dem Pariser Telefonbuch herausgesucht. Schon kam die Meldung: «Die Verbindung steht.»

«C'est Monsieur Gabriel Marcel qui parle», vernahm ich die Stimme des greisen Philosophen.

«C'est Monsieur Levente Rostás.»

«Qu'est-ce que vous désirez, Monsieur?»

«Je voudrais parler à Monsieur László Martinszky.»

Seiner Antwort konnte ich lediglich Christas Namen entnehmen – meine Französischkenntnisse hatten sich an dieser Stelle bereits erschöpft. Mit etwas Mühe brachte ich hervor: «Pourrais-je parler avec la dame?»

Christa hielt Vorlesungen an der Sorbonne, stammte aber ursprünglich aus Berlin, genauer gesagt Neukölln. Sobald sie meinen Namen vernommen hatte, sprach sie auf ihrer Muttersprache weiter. Bedauerlicherweise war mein Deutsch genauso miserabel wie mein Französisch. Mehr als «England», «Ted Hughes» und «fliegen» verstand ich nicht. Da mir die Umstände bekannt waren, konnte ich mir aber zusammenreimen, dass Laci auf Einladung seines Übersetzers «plötzlich und allein» nach England geflogen war.

«Was ich ihm von dir sagen?», versuchte mir Christa auf Ungarisch zu helfen, als sie begriffen hatte, dass auch mit meinem Deutsch nicht viel anzufangen war.

«Sagen Sie ihm, dass ich nicht weiß, ob ich glücklich sein soll oder traurig. Auf Wiederhören, Christa!» Mit diesen Worten legte ich auf und schlug unter den erstaunten Blicken des Nachtpförtners den Rückweg auf mein Zimmer ein.

‹Wie bitte?›, wird er sich gefragt haben, ‹der muss sich in Paris über sein eigenes Befinden erkundigen? Und zwar mitten in der Nacht?›

Heute Morgen wurde mir bewusst, dass die Antwort nicht länger als ein paar Stunden auf sich warten lassen konnte; die Frage, ob ich glücklich sein sollte oder traurig, würde sich spätestens gegen Mittag entscheiden.

Ich beschloss, das kleine, von einem Reißnagel durchbohrte Foto lieber von der Wand zu nehmen. Die echte Piroska würde sich bei ihrem Besuch sicher empören, stünde sie plötzlich ihrem Ebenbild gegenüber.

Entstanden war das Foto während ihrer Schulzeit in Páty, einem Dorf in der Nähe von Budapest, wo Piroska bei ihrer Großmutter aufgewachsen war. Betrachtete ich es im Halbdunkel, erkannte ich in dem mageren Mädchengesicht den gehetzten Ausdruck des heimatlosen Kindes, sah das Schluchzen in den Winkeln dieses bissigen kleinen Mundes und konnte ihr die Einsamkeit an der Spitze ihres strengen Näschens ablesen. Wie sie sich bemühte, furchteinflößend auszusehen! Wie ein gequälter junger Wolf.

Ihre Familie war gegen Ende des Krieges aus Siebenbürgen nach Budapest geflohen. In der von den Russen eingenommenen Stadt ließen sich ihre Eltern dann scheiden. Ihr Vater wurde aufgrund seiner Vergangenheit als Luftwaffenoffizier interniert, konnte aber bald in den Westen flüchten und gelangte als alpiner Rettungspilot noch zu beträchtlichem Ruhm. Ihre Mutter hingegen hatte sich – auf welchen Wegen auch immer –

eine Anstellung im Ministerium für Innere Sicherheit verschaffen können. Als deren Mitarbeiterin bekam sie nach ein paar Dienstjahren sogar eine eigene Wohnung zugeteilt.

Hatte Piroska das Trennen vielleicht von ihr gelernt?

Mir hatte sie den Laufpass ein paar Tage vor meiner Abreise gegeben. Wenn ich wach war, konnte ich darüber sogar lachen, im Schlaf hingegen weinte ich, und das Nacht für Nacht. Wenn die Schwester es hörte, klopfte sie immer an meine Tür, oft genug wurde ich aber von meinen eigenen Tränen wach.

Heute früh las mir Ali Baksay im Traum die Leviten: «Hör auf zu heulen und lass die Finger von ihr, Levente, sonst trifft mich deinetwegen noch der Schlag!», begann er mit sanfter Stimme, um dann unvermittelt loszubrüllen: «Was soll das heißen, du bist einsam?!»

Es folgte eine Aufzählung sämtlicher Frauen, die mich mit Freuden geheiratet hätten. «Wäre dir die vielleicht recht? Nein, ist sie nicht! Oder die? Auch nicht! Habe ich es nicht gesagt? Wenn jemand in deiner Situation derart anspruchsvoll ist, dann darf er sich wohl kaum beschweren! Verrecken soll er oder die Einsamkeit hinnehmen!» Er verstummte, als wäre seine Wut bereits verraucht, doch der verdächtige Glanz in seinen Augen verriet, dass er mit dem Thema noch nicht abgeschlossen hatte. «Eine Möglichkeit stünde dir allerdings noch offen», sagte er plötzlich ganz versöhnlich. «Du könntest ein Inserat aufgeben!»

Irgendwo in der Ferne hupte ein Bus. Im Halbschlaf variierte die Bedeutung dieses Klangs nach Belieben, und so vernahm ich in meiner Vorstellung den weichen und dunklen, aber dennoch klaren, metallisch durchdringenden Ton der Orgel in der Kirche von Mohács, bei der ein Nachthorn genanntes Register gezogen worden war. Es war meine Aufgabe gewesen, an heißen Tagen frisches Brunnenwasser um die Orgel herum auszuschütten und den Bottich unter dem Tretbalg mit Wasser zu füllen sowie frühmorgens und spätabends auf der Empore zu lüften, wobei ich darauf achten musste, dass die kostbare Orgel keine Zugluft bekam. Ich war ein schlechter Schüler, doch nachdem ich eines Mittags die dritte schwere Kanne die Wendeltreppe hinaufgeschleppt hatte, bat mich der Religionslehrer um mein Schulheft und trug eine römische Eins ein. Bei der Prüfung am Ende des Schuljahres reichte das Wassertragen hingegen nicht aus, um eine gute Note zu bekommen.

«Wie viele Personen sind in dem dreifaltigen Gott vereint?», lautete die erste Frage. Ich dachte angestrengt nach, blieb aber bei dem Gedanken hängen, dass wir in der Dreifaltigkeitsstraße 3 wohnten.

«Wie viele Apostel gibt es?», versuchte einer der Prüfer mir zu Hilfe zu springen. Noch immer schwieg ich.

«Gibt es vielleicht etwas, das du uns aufsagen könntest?», fragte der Geistliche, der den Vorsitz führte, mit gütiger Stimme. Nach langem Grübeln erwiderte ich: «Ja, die sieben Zehngebote.»

Meine Benommenheit war möglicherweise dem intensiven Blumenduft und der irren Hitze geschuldet; das Klassenzimmer war mit lauter Rosen geschmückt. Die Wände entlang und zu beiden Seiten des Katheders drängten sich in dichten Reihen die Eltern. Alles lachte, ernst blieb allein das asketische Gesicht des Vorsitzenden mit dem roten Priestergürtel.

«Gut, wir glauben dir, dass du die aufsagen kannst», erwiderte er freundlich und ließ mich Platz nehmen. Nach der Prüfung versuchte er, meinem niedergeschlagenen Großvater Trost zu spenden: «Bei diesem Namen braucht man sich wirklich nicht zu wundern, dass der Junge nicht weiß, was er mit sich anfangen soll. Wenn er statt Levente Rostás wenigstens Levente Rostélyos hieße! Dann würde jeder gleich an das Gitterrost der Fechtmasken denken, wie sie die Leventen beim Zweikampf trugen, und nicht an ein Sieb. Immerhin käme bei seinem hübschen Gesichtchen niemand auf die Idee, sein Vater habe Rosinger geheißen!»

Großvater mit seinen zwei Metern Körpergröße und

fast anderthalb Zentnern Körpergewicht – sein Stuhl war mitten in der Prüfung unter ihm zusammengebrochen – ließ ihn reden und nickte zerstreut. Obwohl er in seinem Herzen schon wieder beim Tarockspiel war, konnte er den Pfarrer verstehen. Der Name Rostás klang auch in seinen Ohren wie Falschgeld – während Rostélyos, der ungarische Rostbraten, sein Leibgericht war.

Diese Geschichte gab ich einmal auf einer Autoreise nach Rumänien zum Besten, die wir vor nicht langer Zeit, an einem bewölkten, aber sehr milden Dezembervormittag, zu viert unternommen hatten. Während wir in Piroskas blauem Wartburg über die Autostraße I brausten, als Ziel die Seen um Bukarest, hatte Laci für Christa lachend übersetzt: «Mais quand-même, qu'est-ce que tu nous pourrais dire?, l'archeveque lui demandait. Et imagine-toi, il a dit: Les sept dixcommandements.»

Auch ich musste lachen. Etwa in der Art eines Olympioniken, der nach seinem Sieg belustigt erzählt, dass er bei den Sportprüfungen in der Schule immer als Letzter über die Ziellinie gestolpert ist. Piroska saß kerzengerade am Steuer, die kleine Nase stur nach vorn gerichtet. Nur ab und zu war ein Kichern von ihr zu hören. Ihre Aufmerksamkeit wurde neben dem Fahren in erster Linie von Christas Zähnen in Anspruch genommen. Sobald diese beim Lachen den

Kopf zurückwarf, ließ Piroska ihren Blick unruhig zwischen Straße und Rückspiegel hin- und herfliegen. Die überwältigende Erkenntnis, dass Christa ganz besonders schöne Zahnfüllungen hatte, ließ sie seit der Kaffeepause in der Konditorei Tosca nicht mehr los, und ich war schon kurz davor, auf diese Plomben eifersüchtig zu werden – so verdrossen war ich, dass sie Piroskas Geist den ganzen Ausflug über in Anspruch nahmen. Ich hätte doch ihre Gedanken beherrschen sollen! Umso glücklicher stimmte es mich, als sich Piroska auf einmal herüberlehnte, um mir ins Ohr zu flüstern: «Im Sommer fahren wir nach Le Coq an den Atlantik!»

Die Freude, die ich damals über diesen Satz empfand, rief er heute nicht mehr hervor, jene hingegen, die mich beim Anblick des Schlosses Mogoşoaia erfüllt hatte, welches wir just in dem Moment erreichten, erfasste mich auch jetzt wieder.

Wir schlenderten eine lange Allee entlang, doch als wir das am Seeufer gelegene Schloss erblickten, blieben wir vor Staunen über dessen Schönheit wie angewurzelt stehen. Das Gebäude wirkte auf uns wie Lautenmusik, es war nicht nur eine Freude für die Augen, sondern auch eine für die Ohren. Obgleich es kaum Fenster hatte, die das Sonnenlicht hätten reflektieren können, funkelten die Mauern wie das aus Hunderten kleinen Spiegeln geschneiderte Kostüm der Königstochter von

Antiochia auf der Bühne des Bukarester Teatrul Giulești.

«Prunk!», rief jeder einzelne Stein. «Prunk! Prunk!» Und wir alle spürten: Es war wahr, aber leer.

Vielleicht lag es an der Stille, dieser unermesslichen Stille der Walachei, in die es gehüllt war, vielleicht am Dämmerlicht dieses Dezembertags oder aber an der Natur, die den ersten Schnee erwartete: Die Augen und Ohren schmeichelnde Farbe der von dem Gemäuer ausgehenden Klänge wurde jedenfalls getrübt von den Tönen der seit langem zum Schweigen gebrachten Krippenspieler, und das Schloss wirkte nun wie eine goldene Faschingsmaske, die jemand neben die Krippe des Erlösers gelegt hat.

Die Besichtigung dieses architektonischen Meisterwerks, das byzantinische und venezianische Stilelemente verband und von wo aus die zu Prousts engem Freundeskreis gehörende Marthe Bibesco mit dem Schriftsteller korrespondiert hatte, war Christas Wunsch gewesen. Sie machte sich sogleich auf die Suche nach einer Gedenktafel. Doch was sie fand, war lediglich ein Spruch aus der Rede des Kommandanten der Luftbrigade, die dieser am 11. Juli 1941 anlässlich der Trauerfeier für den einen Heldentod gestorbenen Offizier der Luftwaffe, Seine Hoheit Valentin Bibesco, gehalten hatte.

«Ein gutes Jahr vor dem jungen Horthy hat es ihn

erwischt», sagte Martinszky und erklärte Christa in knappen Worten, dass Ungarns Stellvertretender Regierungschef auch Pilot gewesen und im August 1942 ebenfalls bei einem Absturz ums Leben gekommen war.

«Was aber ist der Unterschied?», fragte Piroska aufmüpfig und beantwortete die Frage gleich selbst: «Der Unterschied ist, dass man bei uns keine Marmortafel zu seinen Ehren dulden würde!» Damit ließ sie uns stehen und ging um das Schloss herum zum Seeufer.

Ich versuchte, der anregenden Wirkung von Piroskas überraschendem Satz auf die Spur zu kommen: ‹Im Sommer ... an den Atlantik ...› Aber Freude empfand ich noch immer nicht. Der Gedanke ans Meer beschwor jetzt vielmehr jenes Bild herauf, welches sich mir in Harkány jeden Morgen darbot, wenn ich durch das Fenster auf dem Krankenhausflur schaute, das zu einer der Hallen ging. Es war stets ein wenig geöffnet. Seit zwei Wochen blieb ich Tag für Tag für einen Augenblick davor stehen. Der leicht beiseitegezogene Kattunvorhang, mit dem es versehen war, hätte genauso gut in der Praxis eines Dorfarztes als Sichtschutz dienen können. Doch was dahinterlag, in düsteren Betonbecken und in einer bleiernen Finsternis, das war weiß Gott kein Ozean, sondern das schmerzlindernde Thermalwasser. Auf einer an der Tür angebrachten Tafel stand das Wort Wassergymnastik. Würde es mir vergönnt sein, das Heilwasser noch einmal gegen das Meer einzutauschen?

Das Inserat fiel mir wieder ein. Ich sah das Kästchen mit seinem verrückten Inhalt zwischen all den nüchternen Zeilen, von denen es in der Zeitung nur so wimmelte. Und ein anderer Text nahm in meinem Kopf Gestalt an: «Siehe, oh Herr, wir begreifen uns selbst nicht und wissen nicht, was wir wollen. Wir sind von unseren wahren Sehnsüchten so unendlich weit abgetrieben!»

Die Autorin dieser Worte war weitaus bedeutender als Ali Baksay. Sie stammten aus der Feder Teresa von Avilas und beschrieben ebenfalls ein Krankheitsbild, welches allerdings eine Abnormität darstellte, gegen die meine – der von allen verhöhnte Größenwahn – geradezu ein Segen zu sein schien. Denn Sehnsucht verspürte ich meines Erachtens immer noch genauso stark wie in meiner Kindheit.

Vielleicht hatte meine Seele aber auch nur die Tiefe unseres Plumpsklos in Mohács, dessen blendend weiß getünchten, unberührten Kalkputz ich jedes Mal von neuem bewunderte. Sowohl angesichts der ungewöhnlichen Höhe und Geräumigkeit dieses stillen Örtchens als auch infolge des zwischen den Holzlatten der Tür ungehindert durchwehenden Luftzugs nahm man nichts als den kühlen Duft des Waldes wahr, den die auf dem Hof gestapelten Holzstöße verströmten. Es stank kein bisschen, selbst wenn sich die Kotberge manchmal bis kaum einen Meter unter die Sitzöffnung türmten. Die mannigfaltigen Farben und Formen sowie das eine oder andere erschreckend dicke oder lange, blutwurstförmige Exkrement setzten mich so manches Mal in Erstaunen. Und zwar ganz besonders, wenn die Sonnenstrahlen im Sommer durch das versteckte Fenster oben in der Wand direkt auf diesen Haufen fielen. Im Religionsunterricht konnte ich mir die Hölle nie vorstellen. Hier schon. Am lebhaftesten erinnerte ich mich aber an jene wenigen Gelegenheiten – und darunter ganz besonders an eine bestimmte –, wenn ich am Morgen, nachdem die nächtliche Arbeit der Männer, die die Grube auspumpten und reinigten, verrichtet war, deren unermessliche Tiefe erblickte. Solange der Steinboden nicht desinfiziert und die unteren Wände nicht frisch gekalkt waren, durfte das Klo nicht benutzt werden. Doch war das geschehen, und streiften die ersten Sonnenstrahlen über den frisch gereinigten Boden, um ihn schließlich ganz zu trocknen, hätte man dort unten Winterkartoffeln einlagern oder unter dem einfallenden Lichtkegel ein Tischchen aufstellen können: Der Ort unterschied sich in nichts von der Klause eines Mönchs, und ein Kind, das sich gern versteckte, hätte sich hier ungestört in die Romane Jules Vernes vertiefen können, besser noch als oben auf dem heißen Dachboden. Der

Gedanke, man könnte da unten auch *schreiben*, wäre mir dennoch nie im Leben gekommen, wenn ich nicht eines Morgens schon beim ersten Strahl der aufgehenden Sonne wach gewesen wäre. Da am Abend zuvor und in der Nacht alle beim Nachbarn aufs Klo gegangen waren, strahlte die Grube, als ich mich bei Sonnenaufgang hinausstahl, derart vor Sauberkeit, dass man sich auf dem Steinboden hätte hinknien können wie auf dem für die Prozession geschrubbten Straßenpflaster.

Von diesem Tag an ahnte ich, dass es ebenso wie «Speisekammerseelen», von denen man sich jederzeit nähren konnte, auch Seelen gab, die nur selten und schwer zu läutern waren – zweifelsohne gehörte meine dazu – und die man nur wie eine mit Kot gefüllte Senkgrube in eine Schriftstellerseele verwandeln konnte, damit sie an einem besonderen Morgen endlich ihre eigenen wahren Sehnsüchte zu erkennen vermochten.

Ich stieg aus dem Bett, welches den Vorschriften für Patienten mit Rückenleiden gemäß auf einem Holzbrett bereitet war, schlüpfte in meinen Morgenmantel, warf mir ein Handtuch über die Schulter und trat aus der winzigen Glastür meiner Krankenzelle.

Jeden Morgen schlich ich um diese frühe Stunde durch das schlafende Gebäude, ging über die alten, dunklen Korridore, die erfüllt waren mit dem Geruch nach faulen Eiern, das dem Heilwasser eigen war, bis zu dem kleinen Rondell, von dem die Türen zu den geräumigen Badekabinen abgingen. Patienten mit Hautkrankheiten durften nur in eine einzige Wanne steigen, doch da die Badekabinen nachts offen standen, konnte ich vor Sonnenaufgang benutzen, welche ich wollte. Auch die mit der römischen Eins.

2

Trostloser als die einsamen Jahre, denen erst Piroska ein Ende gesetzt hatte – zumindest für eine Weile –, waren die zwischen Krankenzimmer und Badekabine verbrachten Tage auch nicht. Aber nachdem ich jetzt etwas hatte, worauf ich sehnsüchtig warten konnte, überkam mich die Lust, mich meinen Erinnerungen hinzugeben. Mit der Zeit entstand in meiner Krankenzelle auf diese Weise ein Manuskript, das eines Tages – so dachte ich – vom Schicksal beendet werden würde. Ob Piroska kam oder nicht, ob sie mich glücklich oder unglücklich machte: Was der Schlüssel zu einem Erlebnis und dem Schreiben darüber war – wer wusste das schon?

Ich fand mich mit der Ungewissheit und den Einzelheiten, die sich ohne mein Zutun fügten, letztendlich ab. Präzise wie Eisenbahnwaggons würde ich sie aneinandersetzen, würde jeden noch so kleinen Defekt in einem der Heizungsrohre oder der Bremsleitungen ausfindig machen und beheben müssen, würde die Räder alle einzeln auf ihren makellosen Klang hin abklopfen und vor allem im Auge behalten müssen, ob die Waggons ihren vorgesehenen Zielen entsprechend in der richtigen Reihenfolge auf dem Gleis standen.

Zwar war ich davon noch sehr weit entfernt, dennoch blieb ich manchmal, wenn ich frühmorgens zu meiner Badekabine schlich, an dem leeren Tisch im Gemeinschaftsraum stehen, wo der Buchhändler seine Ware auszubreiten pflegte, und stellte mir vor, mein Roman läge dort, auf dem Umschlag ein bezauberndes Delfinpaar. Vieles mochte sich noch ändern, doch diesbezüglich war ich mir sicher. Was sonst hätte ich wohl statt des dauernd in einer Wanne kauernden Patienten sein wollen, wenn nicht ein prächtiger Delfin – ein glücklicher, kluger Delfin, der mit seiner Partnerin durch das Salzwasserbecken glitt, die Hauptattraktion einer grandiosen Show. In vollendeter Harmonie wollte ich mit Piroska durch einen Reifen springen, während aus dem von Sonnenschein und Kinderlärm aufgeheizten Zuschauerraum tosender Applaus ertönte.

Meine Beziehung mit Piroska hätte in einer von weißen Lichtflecken durchsetzten blauen Stille ihren Anfang nehmen müssen, in der unendlichen Freiheit des Ozeans. Dann wären wir bei unserem Einzug ins Meeresaquarium bereits erprobte Lebenspartner gewesen.

So aber fand unsere erste Begegnung bei einer Sitzung des Roten Kreuzes in Kecskemét statt. Ich war damals Reporter für die *Családi Lap*, Piroska Bezirksabgeordnete. Kaum hatte ich den Festsaal des Rathauses betreten, als ich auch schon merkte, dass sie mich beobachtete. Wie ein als Mädchen verkleideter Kadett saß sie da, stolz und elegant, und heftete den stechenden Blick ihrer schwarzen Augen auf mich. Als wollte sie mir Angst einjagen! Ich nahm etwa zehn Reihen vor ihr Platz, spürte diese zwei wütenden Wespen jedoch die ganze Zeit über in meinem Nacken. Groß und kohlrabenschwarz waren ihre Augen. ‹Vielleicht bilde ich mir das nur ein›, dachte ich und drehte mich um. Das Augenpaar war noch immer auf mich gerichtet, ihr drohender Blick unverändert. Erst als mir Piroska durch ein Zeichen zu verstehen gab, dass ich mich zu ihr setzen soll, begriff ich plötzlich, dass ich mich irrte: Ein Erwachsener glotzt einen Fremden nicht so an. Der trotzige Gesichtsausdruck und all die grundlosen Drohgebärden waren die eines Kindes.

Ohne mich darum zu scheren, dass die Reden bereits in vollem Gang waren, erhob ich mich, durchquerte den halben Saal und setzte mich neben sie.

«Darf ich?», flüsterte ich.

«Bitte!», erwiderte sie, und ihre Augen blitzten. Das war mehr als eine Drohung: Es war reine Gier. Mit diesem Blick wird sie einst ihrer Rassel gedroht haben oder einem Ball, dass er ja nicht wagte wegzurollen, wenn sie nach ihm griff.

Sie faszinierte mich, obwohl ich mich körperlich gar nicht zu ihr hingezogen fühlte. Sie war mir entschieden zu mager. Ihre Beine waren dünn wie Pfeifenstiele, die Strumpfhose warf stets Falten, egal, wie hoch Piroska sie auch zog. Der braune Flaum auf ihren Streichholzärmchen erweckte den Eindruck, ihre Haut wäre von langen schwarzen Haaren überzogen. Selbst der unwahrscheinlich winzige Nagel an ihrem kleinen Finger wirkte abstoßend auf mich. Schließlich bemerkte ich auch noch ihren Ehering.

Als sich der Saal in der Pause leerte, erzählte sie mir, dass sie seit Weihnachten verheiratet war, ihr Mann allerdings in Veszprém wohne, wo er als Ermittler bei der Polizei arbeite. Es sei schwer, dort wegzukommen. Sie habe mittlerweile ein Auto, sodass sie ihn an den Wochenenden besuchen könnte, wegen des Schnees ziehe sie es derzeit jedoch vor, zu Hause zu bleiben.

Obwohl ich merkte, dass sie sich gern mit mir unterhielt, machte ich mir keine Hoffnungen. Die Falten ihrer Strumpfhose schienen durch den Ehering nur noch größer geworden zu sein, und so hoffte ich, sie ohne Bedauern vergessen zu können. Als sie ihren Stimmzettel vor meinen Augen unterschrieb, nutzte ich nicht einmal die Gelegenheit, ihren Namen zu lesen. Nach dem Schlusswort gab ich ihr die Hand und ließ sie einfach stehen.

Doch schon am folgenden Tag fuhr Piroska mir nach – trotz des Schnees, der auf den Straßen lag. Sie wartete nicht einmal, bis sie in Budapest war, sondern hielt bereits am Stadtrand, mitten in der großen Kurve auf dem Plateau bei Kamaraerdő, stieg aus ihrem Wartburg und rief mich an.

Nur dass ich meines Wissens keine Piroska kannte. Übrigens auch sonst keine Frau, über deren Anruf ich mich gefreut hätte. Und so fragte ich sie mit unverhohlenem Desinteresse: «Entschuldigen Sie bitte, aber wer sind Sie eigentlich?»

Im Klaren darüber war ich mir auch im Morgengrauen noch nicht, und später, wenn ich zu Freunden über sie sprach, charakterisierte ich sie mangels besserer Einfälle für gewöhnlich anhand ihrer beiden Steckenpferde: Sie züchtete Kakteen und sammelte Bücher über Porzellan.

Während sie ihre Schwärmerei für Kakteen nur in vertrauter Runde äußerte, drängte Piroska ihre andere Leidenschaft gern allen Leuten auf. Dauernd zog sie Erkundigungen ein, ließ sich Neuerscheinungen nennen, tauschte ihr Wissen mit anderen Interessierten aus und versuchte sogar, Menschen zu begeistern, die Nippes völlig gleichgültig ließ. Ihr Interesse galt dabei ausschließlich den Abbildungen. Echtes Porzellan zu kaufen, zumal besonders edles und teures, das wäre ihr nie in den Sinn gekommen. Fiel die Rede darauf, tat sie es als lächerliche Geldverschwendung ab.

Manchmal ersetzen Steckenpferde Eigenschaften, die uns fehlen, in anderen Fällen hingegen sind sie ein

Abbild unserer selbst. Piroska glich einer riesigen Porzellanfigur, selbst in Kleidern, wobei die Schönheit des Materials – ähnlich wie bei bemaltem Porzellan – besser zur Geltung kam, wenn sie nackt war. Geriet sie hingegen in Wut, konnte man ihr die Ähnlichkeit mit einem Kaktus nicht absprechen: Ihre mit einem Rasierapparat kurzgeschorenen Haare standen dann allesamt zu Berge, ihre winzige Nase wurde noch spitzer, das Kinn noch kantiger, und ihre Augen stachen wie Stacheln. Welcher der über zweitausend Arten sie am ehesten entsprach, hätte nur ein Experte entscheiden können – womöglich sie selbst, aber noch war sie zu sehr auf der Suche, noch hatte sie sich selbst nicht ganz gefunden.

Darin lag wohl auch der Grund, dass sie an einem unausgefüllten Wochenende, das keine guten Aussichten versprach, bei Schnee und Matsch in ihren Wartburg stieg und die hundertfünfzig Kilometer nach Budapest fuhr, um bei mir ihr Glück zu versuchen. Wobei sie die fremde Junggesellenwohnung betrat wie eine ans Krankenbett ihrer Schwiegermutter gerufene Dorfpastorenfrau – mit einem Handarbeitskorb voller Wolle und Stricknadeln. Und ebenfalls aus diesem Grund dürfte sie sich zu teuren und unnützen Sachen hingezogen gefühlt haben, während sie selbst sparsamer war als die Königin Bertha von Burgund; diese Dame hatte, durch die Lande reitend, sogar auf dem Pferderücken gestrickt.

Piroska war erst ein Jahr zuvor als Zahnärztin zugelassen worden, das Dorf aber, in dem sie zu arbeiten beabsichtigte, hatte sie sich schon viel früher ausgeguckt – sie wusste nur zu gut, dass die Leute dort sehr wohlhabend waren. Noch während ihres Praktikums war sie des Öfteren hingefahren und hatte sich mit den wichtigsten Personen im Ort angefreundet. Als dann die neue Zahnarztpraxis und die dazugehörige Dienstwohnung gebaut wurden, hatte man sie dabei im Auge. Es war eine glückliche Wahl: Sie war von Anfang an der Liebling aller und wurde nicht nur verwöhnt, sondern auch respektiert. Den Dienst in der staatlichen Praxis durfte sie nach Herzenslust auf die Arbeit in ihrer Privatpraxis abstimmen. Innerhalb von wenigen Monaten legte sie ihre verhassten Studentenklamotten ab, kleidete sich in den Boutiquen der Innenstadt neu ein und sparte auf ein Auto. Bedauerlicherweise beging sie irgendwann den Fehler zu heiraten. Noch bevor sie ihren Wartburg abholen konnte, bereute sie die Entscheidung. Sie erkannte, dass sie nicht bereit war, mit einem Polizisten zusammenzuleben, der schon von Berufs wegen zur Gewalttätigkeit neigte. Also begab sie sich im Anschluss an ein qualvolles Wochenende zu einem Scheidungsanwalt und begann unverzüglich ihre sonntäglichen Touren mit dem Auto, genauer gesagt, sie begab sich auf die Suche nach einem passenden Lebenspartner – wobei sie um Veszprém einen großen Bogen machte.

All diese Schwänke gab sie mit einiger Selbstironie, doch ganz ohne Reue zum Besten – listig wie ein kleiner, boshafter Gnom. «Möglicherweise kommst auch du in Frage!», meinte sie kichernd, um dann ganz sanft und unerwartet unterwürfig hinzuzufügen: «Du bist so gut zu mir! Wenn du mich doch nur verhauen wolltest …»

Ich wusste, dass nach den Gesetzen der Sexualität alles umgekehrt ist: Der Masochist wünscht sich Zärtlichkeit, der Sadist verlangt mit kindlicher Stimme, geschlagen zu werden.

Ich zog sie schnell aus und hoffte, dass ihr Wunsch nicht mit der abgestreiften Bluse, dem Hemdchen und ihrem Höschen davonflatterte.

«Tust du denn nie jemandem weh?»

«Doch, schon …»

«Und wann?»

Das Aufblitzen ihrer Wespenaugen war eigentlich Antwort genug.

«Beim Zähneziehen?»

«Da auch.»

Plötzlich atmete sie tief ein und drosselte das Tempo.

«Und was fühlst du dann?»

«Sehr große Zärtlichkeit», flüsterte sie, ihr Blick umnebelt.

Ruckartig wurden ihre Bewegungen wieder schneller, als wollte sie mit ihrem unnachgiebig kreisenden

Becken und ihrem sich windenden Schoß jeden Zweifel darüber ausräumen, was sie unter dieser Art von Zärtlichkeit verstand. Nach dem Orgasmus, der auf dieses Geständnis folgte, erschlaffte sie so befreit, zugleich aber auch so ermattet, dass der dünne Faden, der sich zwischen ihren leicht geöffneten Lippen gebildet hatte, sekundenlang nicht riss. So etwas hatte ich bislang nur bei schlafenden Kleinkindern gesehen. Das Glitzern des Speichels hypnotisierte mich, und ich kam erst wieder zur Besinnung, als sich Piroska ein kleines Kissen unter den Po stopfte und mir, während sie energisch die Halbkugeln ihres Mädchenhinterns hob, ins Ohr flüsterte: «Halt es zurück, solange du kannst!»

Nun bearbeitete sie mich langsam, systematisch und mit großer Sicherheit – bis sich ihre Hand zu meinem Ellenbogen verirrte und dort meine Schuppenflechte ertastete.

«Ist das Psoriasis?», fragte sie überrascht.

«Ja», stieß ich im schönsten Moment hervor.

Sie duschte, zog sich an und trank einen Schluck Wasser. Dann nahm sie die halbfertige Wollmütze aus ihrem Korb, zählte rasch die Maschen ab, lächelte mir aufmunternd zu und legte sich den Wollknäuel auf den Schoss. Während sie flink mit ihren Stricknadeln hantierte, lobte sie meine Gedichte: «Das über das Schloss deiner Verwandten gefällt mir am besten! In Oberungarn stand das, oder?»

Ihrem Gesicht war anzusehen, dass sie hinter dem Schutzschild des Strickens angestrengt grübelte: Was sollte sie von der Zahnprothese im Bad halten, die davon kündete, dass ich meine große, im Grünen gelegene Wohnung leider nur als Gemeinschaftsmieter bewohnte, und was sollte sie über die Schuppenflechte wissen, für die sie sich an der Universität gewiss nicht interessiert hatte. Wie um mir vorzuführen, dass es ihr auch jetzt nichts ausmachte, stupste sie mir mit der Fingerspitze scherzhaft auf die Nase und rief: «Ihr Künstler seid alle so schrecklich groß!»

Weiß Gott, was sie damit meinte. Mit ein wenig Verstand hätte ich die Sache einfach auf sich beruhen lassen, stattdessen nahm ich aber Janouchs *Gespräche mit Kafka* aus dem Regal und las ihr daraus vor: «Sie beschreiben den Dichter als einen wunderbar großen Menschen, dessen Füße sich auf der Erde befinden, während der Kopf in den Wolken schwindet. Das ist natürlich ein ganz gewöhnliches Bild im Vorstellungsrahmen der kleinbürgerlichen Konvention. Es ist eine Illusion verborgener Wünsche, die mit der Wirklichkeit nichts Gemeinsames hat. In Wirklichkeit ist der Dichter immer viel kleiner und schwächer als der gesellschaftliche Durchschnitt. Er empfindet darum die Schwere des Erdendaseins viel intensiver und stärker als die anderen Menschen. Sein Gesang ist für ihn persönlich nur ein Schreien. Die Kunst ist für den Künstler ein Leid, durch das er sich für ein neues Leid befreit. Er ist kein Riese, sondern nur ein mehr oder weniger bunter Vogel im Käfig seiner Existenz.»

Jenes Mal blieb das Unglück noch aus, denn Piroska überhörte den Vortrag großzügig und gab sich der Betrachtung einer an der Wand hängenden Fotografie hin. Die Aufnahme zeigte den Hauptplatz einer Jesuitenreduktion in Paraguay – zu einem Zeitpunkt, als das Werk der Patres schon lange vernichtet, die Kirche zur Ruine verfallen und das Bauwerk vom Urwald zurückerobert worden war. Piroska war von dem Bild fasziniert. Dessen Wirkung lag, wie ich annahm, in seiner Rätselhaftigkeit begründet, in den hinter der Fotografie verborgenen Geheimnis. Wie konnte jemand, der von den geschichtlichen Ereignissen nichts wusste, denn auch nur ahnen, wie diese Bauten aus der Glanzzeit des Barock in die Wildnis der Neuen Welt geraten waren!

«Ein beeindruckendes Bild, nicht wahr?»

Sie nickte heftig, worauf ich ihr von den indianischen Musterstaaten zu erzählen begann, die von Patres errichtet und von weltlichen Mächten, die zu jener Zeit Sklaverei betrieben, zerschlagen worden waren. Die Jesuiten schlugen sie in Ketten und brachten sie in den dunklen Bäuchen riesiger Schiffe in die Alte Welt zurück. «Die Gemeinschaft Jesu wird auf ihre ehemalige Blüte dennoch bis in alle Ewigkeit stolz sein können!»

Mitten in meinem Vortrag gewahrte ich, dass Piroska

voller Misstrauen hinter ihrer Handarbeit hervorlugte. Verschwunden war der drohende Kinderblick, der mich immer so verzaubert hatte. An seine Stelle waren Verachtung und Befremden getreten. Dann legte sie los: «Was für ein seltsamer Vogel du bist!», schimpfte sie. «Siehst du nicht die riesigen Kakteen auf dem Bild? Seit ich es entdeckt hab, denke ich, du hättest das Foto nur aufgehängt, weil sie auch dir gefallen! Und jetzt stellt sich heraus, dass sie dir vollkommen egal sind!»

Auch da gelang es mir noch, sie wieder zu besänftigen und ihre Erregung zu mildern. Doch als sie später zu erzählen begann, wie sehr sie es liebte, ihre Bücher über Nippes bei sich auf dem Diwan auszubreiten, war ich kurz davor, die Fassung zu verlieren. Ich starrte Piroska an, als wäre sie eine Porzellanfigur aus der Tang-Dynastie. Woraufhin sie verstummte, als stünde sie wahrhaftig in einer Vitrine, und schließlich aufsprang, als wollte sie aus dem gläsernen Gefängnis ausbrechen. Auf die Frage, warum sie jetzt ging, warum sie nachts um zwei und nach einer halben Flasche Cognac meinte, ins Auto steigen zu müssen, antworteten nur noch ihre stacheligen Haare.

Von da an lauerte ich ihr Woche für Woche auf: anfangs nur vor ihrer Budapester Wohnung, wo sie seit Frühlingsbeginn jeden Samstagnachmittag eintraf, später dann auch am Stadtrand – und einmal spät nachts sogar an der Brücke von Dunaföldvár, die sie auf ihrem

Heimweg nach Barátszentlak passierte, um auf die östliche Donauseite zu gelangen.

Wie kalt es sie ließ, wenn ich mich ihr in den Weg stellte! Sie bremste nicht einmal, riss lediglich das Lenkrad herum und brauste haarscharf an mir vorbei. Jedes Mal konnte ich dabei für einen kurzen Moment ihre Augen erkennen: Was ich sah, waren keine Kinderaugen mehr, sondern leblos glänzende Knöpfe, starr wie die Augen des ausgestopften Bussards im Naturhistorischen Museum.

Ihr erloschenes Gesicht, vom fahlen Licht des Armaturenbretts beleuchtet, glich dem Vogel auch in jener Nacht, in der ich an der Brücke auf sie wartete. Sie fuhr einfach weiter, während ich den am Ufer gegenüber entschwindenden Scheinwerfern nachgaffte. Ich schaute in das dunkle Wasser zwischen uns und hoffte, sie würde umkehren, neben mir halten und mir das Zeichen geben, mich zu ihr ins Auto zu setzen.

Ihr monatelang nachzustellen, machte ein regelrechtes Wrack aus mir. Ich holte mir den «Hund», wie mein Großvater sich ausgedrückt hätte, unter Umständen bereits in der Dunaföldvárer Nacht, vielleicht aber auch an der Budapester Árpádbrücke, wo ich mich mitten in den stockenden Autoverkehr warf, um mich zu Piroskas Wartburg durchzukämpfen. Ich schwitzte vor Aufregung, doch der eisige Wind ließ mir die Knie schlottern. Bis zum Sommer konnte ich vor Ischiasschmerzen kaum noch gehen, ins Krankenhaus wollte ich aber nicht. Das Verlangen, Piroska noch als Krüppel zu verfolgen, hielt mich auf den Beinen.

Ich ging bereits am Stock, um die Lende einen medizinischen Stützgürtel und um den Hals mein obligatorisches Fernglas, als Martinszky und Baksay sich eines Tages zufällig über den Weg liefen und – obwohl sie eigentlich nicht gerade die besten Freunde waren – sich zusammen in ein Café setzten, um über meinen Fall zu beratschlagen. Laci meinte, die einzige Lösung sei das Ausland. Dort könne ich, sofern man mir den Pass wegnahm, nicht Woche für Woche ausbüchsen und mich an der Kurve in Kamaraerdő in den Straßengraben legen, um den aus Budapest kommenden oder dorthin fahrenden Wartburg mit meinem Fernglas auszuspähen. Alis Vorschlag war Karlsbad, wohin sie beide anlässlich des nahenden Filmfestivals reisen wollten, sodass sie mir bei der Gelegenheit einen Besuch abstatten konnten. Darauf einigten sie sich schließlich, und Laci rief noch am selben Abend Miki Czakó an, der wiederum einen seiner Prager Kollegen um Hilfe bat. Innerhalb von wenigen Tagen hielt ich eine Einweisung in eine der altehrwürdigen *Lazeňský dům* in den Händen.

«Stell dir nur vor, was für tolle Postkarten du ihr von dort schicken kannst!», ermutigte mich Ali. «Schreib ihr ruhig, dass du auf Einladung des Internationalen

P.E.N.-Clubs dort bist und dir ein Zimmer mit Samuel Beckett teilst!»

«Sie weiß doch nicht einmal, wer das ist!»

Ali wurde ungeduldig: «Dann schreib eben Karl May!»

Ich hatte nichts zu verlieren, also stimmte ich zu.

Ali brachte mich zum Flughafen Ferihegy. Er schwor mir, dass wir uns binnen zehn Tagen wiedersehen würden, und zwar in Gesellschaft von Jane Fonda und Monica Vitti, und winkte dem Transferbus in der Überzeugung Lebewohl, mich vor Piroska in Sicherheit gebracht zu haben.

In zehntausend Metern Höhe verspürte ich unversehens Hunger. Nach einem Gabelfrühstück, das ich im Flugzeug verzehrte, und dem Kahlschlag, den ich auf dem Bonbontablett der Stewardess angerichtet hatte, aß ich auch während der Wartezeit am Prager Flughafen Ruzyně unaufhörlich. Als auf dem Flug nach Karlsbad meine Schmerzen nachzulassen begannen, deutete ich das ebenso wie meinen gesunden Appetit als Vorboten einer allmählichen Beruhigung.

Die prachtvolle Kulisse des weltberühmten Bades mit seinem altmodischen Glanz und der Luft, die funkelte wie Glas, sowie die ringsum grünenden, ehemals kaiserlichen Wälder übten sogar vom Fenster des Krankenzimmers betrachtet eine heilsame Wirkung aus. Ich war wie verzaubert von diesen Straßen, die an Bühnenbilder erinnerten, mit ihren operettenhaften Häuserzeilen, die in unterschiedlicher Höhe hintereinanderhingen und in der zunehmenden Dunkelheit verschwanden, als würden sie eine nach der anderen in den Schnürboden hinaufgezogen, um am nächsten Morgen wieder herabgelassen zu werden. Im Zeitalter von Rivieren und Skiparadiesen, und seit der Sportkult sich einer immer größeren Beliebtheit erfreute, blieb Badeorten mit überdachten Heilwasserbecken, diesen Salons in der Größe einer Kleinstadt, in denen noch der Luxus des vergangenen Jahrhunderts hauste, weltweit nichts anderes übrig, als sich altersschwach auf ihre Kongresse und Konzertreihen zu stützen wie auf hübsch verzierte Krücken. Darüber war ich mir im Klaren, dennoch fühlte ich mich von dem malerischen Panorama magisch angezogen und wirkte es aufhellend auf mein Gemüt; vermutlich, weil es mich an meine im oberungarischen Csallóköz verbrachten Sommer erinnerte. So genoss ich die Aussicht mit den Augen jenes Kindes, das diese Kulisse bereits auf der Kinoleinwand in Dunaszerdahely oder Bratislava bewundert hatte, wo die ersten, meist in Karlsbad gedrehten Komödien der Tschechoslowakischen Republik gezeigt worden waren.

‹Morgen›, dachte ich vergnügt, ‹will ich unbedingt die Promenade suchen, auf der sich der tschechische

Schusterlehrling als Schuhfabrikant ausgegeben, dann mitten im Kuss seinen falschen Schnurrbart verloren und auf diese Weise sich selbst verraten hatte – und zwar vor den Augen einer stolzen ungarischen Gräfin!›

Ein großartiger Plan, den ich bis zum folgenden Tag zwar wieder vergessen hatte, an dessen Stelle jedoch kein besserer getreten war. Ich glaubte nämlich nicht, dass mich irgendjemand besuchen würde, dass Laci oder Ali auftauchten, und am allerwenigsten glaubte ich, statt Piroska Jane Fonda zu heiraten. Und ehrlich gesagt sehnte ich mich auch gar nicht danach. Die Stummheit, in die ich angesichts meiner mangelnden Tschechischkenntnisse verfallen war, sorgte auch in meiner Seele für Stille und Frieden.

Nicht einmal die luxuriöse Welt des Hotel Pupp, zu der ich mithilfe meines Presseausweises und des zuvorkommenden Direktors Zutritt erhielt, konnte mich aus der Ruhe bringen: weder die in Erinnerung an Prinzen, Scheichs und Khans dekorierten Suiten noch der Festsaal, dieser riesige Raum mit den geschwungenen Zuckerbögen, der mit einer Decke aus leuchtend weißem Eischnee gekrönt war. In diesem imposanten Saal wurden die Wettbewerbsbeiträge des Festivals vorgeführt, und hier kam ich mir beim Spaziergang über die Galerie vor wie eine Fliege, die in einem riesigen Baiser gefangen war und nun an den Wänden dieses Zuckerwerks herumkrabbelte.

Mein Fernglas verwendete ich ausschließlich zur Beobachtung der Saiblinge und Forellen, die sich in dem Bächlein namens Teplá tummelten – und das auch nur abends. Ich kniete auf meinem Bett und hielt die Okulare fest auf das Wasser gerichtet, das von den Lichtern der ausgestorbenen Promenade glitzerte, und mischte mich auf diese Weise unbemerkt unter die in meiner unmittelbaren Nähe dümpelnden Fische.

Tagsüber hingegen, wenn ich im Gewimmel der nach Oblaten duftenden Straßen an den Postkartengeschäften mit ihren herrschaftlichen Auslagen entlangbummelte, dachte ich mit Genugtuung, dass ich noch keine einzige Karte nach Hause geschickt hatte, das Geheimnis meines Verbleibs also gut hütete.

Den ersten Spalt in meine Abgeschiedenheit schlug eine kleine, ziemlich hässliche Verkäuferin, die hinter dem gebrochenen Deutsch, das ich von mir gab, meine Muttersprache erahnte und mich ansah, als wäre es Bruder Julianus selbst, der soeben den überfüllten Süßwarenladen betreten hatte.

«Sie können ruhig Ungarisch sprechen!», sagte sie leise, und ihre fieberhafte Hilfsbereitschaft, die jegliche Geheimhaltung vergaß, zeugte so schmerzlich von den vielen Jahren, in denen ihr die Demut zur Gewohnheit geworden war, von einem Leben, das sie in erzwungener Selbstaufgabe zugebracht hatte, dass ich errötete.

Ganz anders der blinde Masseur, den ich bei meiner

ersten Behandlung kennenlernte und der von allen Patienten, ob Tschechen oder Slowaken, nur mit seinem ungarischen Vornamen angeredet wurde; er wirkte vollkommen frei. Miklós sprach das Ungarische so ungezwungen und mit solch einer Seelenruhe, wie es nur ein kräftiger, tüchtiger Mann tun kann, der seinen Beruf auf virtuosem Niveau beherrscht, jemand, der von lauter unselbständigen Patienten und hilflosen Krüppeln umgeben ist und weiß, dass er trotz seiner Behinderung stets Herr der Lage ist, da er für seine Arbeit das Augenlicht nicht braucht.

Er war fünfunddreißig Jahre alt. Seine Statur und sein klassisches Profil erinnerten mich trotz des weißen Kittels und des Barts an den jungen Miki Czakó, allerdings mit dem Unterschied, dass Czakó in diesem Alter keineswegs den Ruf eines Virtuosen hatte.

Der Masseur hingegen wurde als ein Paganini seines Fachs gepriesen.

Obwohl ihm von Amts wegen nur die Behandlung meiner Lendenwirbel und Gliedmaßen oblag, widmete er seine Aufmerksamkeit auch meiner verkalkten Halswirbelsäule, deren Knirschen ihm sofort aufgefallen war, wofür ich ihm überaus dankbar war. Bevor er seine hohe Kunst zur Anwendung brachte, hatte mein Nacken bei jeder Bewegung ein Geräusch von sich gegeben, als ginge jemand mit Spikes über Kies; Miklós jedoch dämpfte diese erschreckenden Töne auf die

Lautstärke von Gummisohlen. Dazu drückte er seine Daumen gegen meine Schultern und zog mein Kinn und meinen Nacken kräftig nach oben – er hängte mich quasi im Sitzen auf und dehnte so meine eingerosteten Wirbel. Wie alle seine Behandlungsmaßnahmen wirkte auch diese wohltuend und belebend, dabei wusste ich genau, dass er mich angesichts meines kritischen Zustands mit einem einzigen Handgriff von der weißen Pritsche auf direktem Wege ins Jenseits befördern konnte.

Miklós war noch ein Kind gewesen, als er aufgrund der Deportation der ungarischen Bevölkerung aus dem oberungarischen Landstrich Csallóköz in das ehemalige Sudetenland kam. Sein Augenlicht verlor er auf dem Gut eines böhmischen Großgrundbesitzers infolge einer Virusinfektion, die seinen Sehnerv befallen hatte. Man konnte also getrost behaupten, seine Erblindung habe mit den geschichtlichen Ereignissen nichts zu tun. Seine Berufsausbildung und den seiner Begabung angemessenen Arbeitsplatz verdankte er hingegen maßgeblich seiner Kaderakte, die ihm eine angeborene Loyalität bescheinigt hatte. In dieser Akte war auf Grundlage eines Zeitungsartikels vermerkt worden, dass sich Miklós' Familie widerstandslos bereit erklärt hatte, ihr Geburtsland zu verlassen. Er erzählte mir, der Verfasser des Artikels habe geschrieben, die ganze Aussiedelung sei gänzlich reibungslos verlaufen, wobei dreißig Familien – darunter die von Miklós – sich bei dieser «Rekrutierung» sogar freiwillig gemeldet hätten. Aber auch den übrigen sei es nicht schlechter ergangen: Die Armee transportierte die bewegliche Habe aller Familien mit ihren Lastwagen freundlicherweise bis an die Rampe der nahe gelegenen Eisenbahnstation, wobei neben den aussiedelnden Familien auf jedem Fahrzeug sechs Soldaten und zwei Männer vom Sicherheitsdienst Platz nahmen.

Angesichts dieser heiteren Erzählung hätte ich den Masseur am Tag zuvor sicher noch gefragt, welchem glücklichen Umstand es zu verdanken gewesen war, dass die hiesigen Behörden so anstandslos zu glauben bereit waren, die Oberhäupter der ungarischen Familien hätten tatsächlich von sich aus ihre Felder und Häuser aufgegeben – und falls dem so wäre, warum bei diesem freiwilligen Vollzug jedes Fahrzeug von acht Bewaffneten hatte bewacht werden müssen. Aber an dem Tag hatte ich bei der Besichtigung des Heimatmuseums von Cheb – dem ehemaligen Éger – mit heruntergeklappter Kinnlade gerade erst vor den Fotos gestanden, die bei der Deportation der Deutschen gemacht worden waren: Die unter ihren Bündeln sich krümmenden, in Richtung Viehwaggons getriebenen, unverschämten Frauenzimmer lächelten mit teuflischer Bosheit in die Kamera, wobei eine Blondine, die einer fetten, weißen Katze ähnelte (wie widerlich!) geradezu lachte! War die gute Laune eine Botschaft an die unwissende Nachwelt, die von der zuvorkommenden Behandlung und der Großherzigkeit der Sieger künden sollte? Oder war sie ein Ausdruck der Freude über die Vergnügungsreise, die diesen Frauen und ihren Kindern bevorstand? Wie auch immer: Wer der Fröhlichkeit auf diesen Fotos Glauben schenkte, durfte auch getrost an die freie Entscheidung der Ungarn glauben.

Nun, da Miklós mir gegenüber so offenherzig gewesen war, wollte auch ich ihm von mir erzählen, war jedoch unentschieden, ob das ratsam war oder nicht. Denn als Erstes hätte ich meine Herkunft preisgeben müssen, wobei die Verwandten, bei denen ich jeden Sommer meine Ferien verbrachte, zu jener Kaste jüdischer Großpächter und Grundbesitzer gehörten, für die im damaligen Dunaszerdahely sicher kein einziges Bauernkind Sympathie empfand.

Ich hielt es für klüger, ihm zu verschweigen, dass wir unsere halbe Kindheit in der gleichen Gegend verbracht hatten und dass die zweitausend Morgen Land, die dem Mann meiner Tante väterlicherseits gehört hatten, sich nur zehn Kilometer von dem Dorf befunden hatten, an dessen Rand auch Miklós' Familie ein paar Morgen besessen hatte. Dabei waren Miklós und ich uns vielleicht sogar einmal begegnet – bei der sonntäglichen Messe in der Dorfkirche, in der das frisch konvertierte Ehepaar Rothbaum prompt einen Ehrenplatz zugewiesen bekommen hatte.

Meine gertenschlanke Tante mit ihrem an die Rose von Hebron gemahnenden Äußeren und ihr stämmiger, untersetzter Gatte, der allen in der Gegend als umsichtiger Gutsherr bekannt war, nahmen sich in der vordersten Bank aus wie zwei Blinde vor einer Kinoleinwand.

Warum setzten sie sich nicht weiter nach hinten und suchten im Kreis der älteren Gläubigen Schutz? Warum besetzte mein Onkel den Ehrenplatz, der einstmals für die Patrone der Kirchengemeinde vorgesehen war? Angesichts seiner äußerst lückenhaften liturgischen Kenntnisse konnte er dieses Privileg ohnehin nur bedingt genießen: Auf der vordersten Bank hatte er niemanden, an dem er sich orientieren konnte, wusste also nicht, wann er im Verlauf der Messe hinzuknien hatte und wann aufzustehen, wann er das Haupt neigen und wann sich bekreuzigen musste. Dabei hätte er in dem Sommer nach seiner Konversion nur mich nachahmen müssen, da ich immer zwischen ihm und seiner Frau, meiner Tante Lili, saß. Stattdessen hielt er seine Augen stur auf den Altar gerichtet. Einerseits war er es gewohnt, dass der Pfarrer seine Gattin im richtigen Moment mit Blicken instruierte, andererseits ließ er es sich nicht nehmen, dem stattlichen Geistlichen gegenüber eine höchst hochmütige und verachtungsvolle Miene zur Schau zu tragen – wusste er doch ganz genau, dass Tante Lili seine heimliche Geliebte war.

Die Nase trug mein Onkel nach Ansicht seiner Nachbarn auch in dem Moment zu hoch, als sich an einem der letzten Kriegstage vier Halbwüchsige in das Einfamilienhaus in Kiskomárom verirrten, das sein letztes Zuhause gewesen war, und ihn zusammen mit seiner Frau auf die Donaubrücke schleppten, wo sie ihnen erst die Augen ausstachen und sie dann in die Donau stießen. Erst im Fall jagten sie ihren Körpern einige kurze Maschinenpistolensalven nach.

Doch in Wirklichkeit nahm mein Onkel den Ehrenplatz in der Kirche nicht nur ein, um den Pfarrer während der Messe besser im Blick behalten zu können, sondern auch, weil er fand, dass dieser Platz ihm zustand. Denn obzwar gerade erst frisch getauft und als Gläubiger noch ziemlich unerfahren, dazu mit einem Gesicht, in dem seine Abstammung unleugbar, wenn nicht ins Absurde übersteigert geschrieben stand, war er einer der fünftausend Juden gewesen, die sich im Gegensatz zum Großteil ihrer Glaubensgenossen auch in der neuen Republik nicht zur jüdischen, sondern zur ungarischen Nationalität bekannten. An seiner mottenzerfressenen Frontsoldatenuniform prangten vier Gefechtsauszeichnungen aus dem Ersten Weltkrieg, darunter das *Signum Laudis*, dem er zwar seine Wehrdienstbefreiung, zuletzt aber auch sein besonders grausames Ende zu verdanken hatte.

Hätte ich mich überhaupt entschlossen, Miklós von meiner Familie zu erzählen, dann hätte ich ihm auch gestehen müssen, dass die Bemerkung «Nur wegen dieses verdammten Leó Reisz müssen wir jetzt krepieren, Lili!», die meinem Onkel bei seiner Verschleppung entfuhr, die Wahrheit beträchtlich verbog. Denn auf welche Spitzen mein Onkel seinen Geiz trieb, dafür dürfte Leó Reisz nichts gekonnt haben. Nicht er hatte meinem Onkel eingeflüstert, von seinem Kutscher zu verlangen, die Paradeuniform, die er auf dem Bock der Kutsche mit den Gummirädern trug, gleich nach der Heimkehr auszuziehen und in den Schrank zu hängen. Doch genau das tat mein Onkel, und zwar ganz bis zu dem Tag, an dem der zu einer Hochzeit eingeladene Kutscher das Umziehen schwänzte, woraufhin mein Onkel ihm zu diesem Fest folgte und versuchte, ihm die Uniform vor allen Leuten vom Leib zu zerren. An diesem Punkt war der Knecht mit seiner Geduld jedoch am Ende. Er griff nach einer Mistgabel und scheuchte meinen Onkel vom Hof, wie dieser bestimmt noch nie gescheucht worden war: weder in der Schlacht an der Piave noch an der Front in den Karpaten.

Während ich über all das nachsann, stellte ich mir auch die Frage, ob auf jener Fotografie, entstanden am Tag des Wiederanschlusses Oberungarns an sein Mutterland, auf der meine Verwandten die über die Brücke von Medve einziehenden Honvéd-Soldaten mit blumengeschmückten Kutschen erwarteten, in der festlichen Menschenmenge nicht auch Grundschüler aus dem Dorf zu sehen waren, und unter ihnen Miklós. Meine Großeltern und ich hatten Festtagskleidung angelegt, nur um uns die Radio-Übertragung anzuhören, außerdem hatte ich in meiner Selbstbildungsgruppe Lőrinc Szabós Gedicht über das Städtchen Ipolyság vorgetragen. Als ich aber im Csallóköz eintraf, um auf der Flussinsel die Sommerferien zu verbringen, bewunderte ich voller Stolz die Decke unseres Esszimmers, die bei dem Gelage, das gleich am ersten Abend nach dem festlichen Abendessen stattgefunden hatte, von den Pistolenkugeln der in unserem Schloss einquartierten Offiziere durchlöchert worden war.

Ja, ich war tatsächlich stolz auf diese Einschusslöcher, die unsere Zimmerdecke in einen Sternenhimmel verwandelt hatten. Und dennoch entging mir nicht, dass die Sicherheitsvorkehrungen, die uns in den Jahren der Fremdherrschaft zur Gewohnheit geworden waren, in dem Schloss, das nunmehr offiziell auf ungarischem Boden stand, nach wie vor getroffen wurden. Die zusätzliche Eisenstange mitsamt dem Vorhängeschloss, die vor jeder ohnehin schon mit dicken Riegeln und Haken versehenen und mehreren großen Schlüsseln abgesperrten Eisentür sowie vor jedem mit

Eisengittern und Fensterläden geschützten Fenster befestigt wurde, mochte noch zu rechtfertigen gewesen sein. Es wurde aber auch die zur Küche führende Innentür in dieser Form verriegelt, weil die Magd die äußere ja hätte den Räubern öffnen können. Sowohl meine Tante als auch mein Onkel verwahrten in ihrem Nachtschränkchen einen geladenen Revolver, und neben dem Nachttopf aus Porzellan lehnte auf beiden Seiten ein Jagdgewehr an der Wand. Diese Kampfvorbereitungen wiederholten sich Abend für Abend, und mit der Zeit begann sich in mir eine Art schwer verdauliche Erkenntnis herauszukristallisieren, deren Inhalt ich heute etwa so zusammenfassen würde: Patriot und Volksschinder in einem zu sein, stellt einen derart großen Widerspruch dar, dass man diesen nur durch eine tragische und endgültige Katharsis auflösen kann. Aus diesem Grund glaube ich auch, dass der letzte Ausruf meines Onkels eher das Zeugnis seiner ganz persönlichen Denkweise war als die Wahrheit, die ganze Wahrheit und nichts als die Wahrheit.

Wer dieser Leó Reisz gewesen war, dem Herr Rothbaum in seiner letzten Stunde die Verantwortung für all das in die Schuhe schob, was ihm und seiner Frau tatsächlich zustoßen sollte, konnten die Nachbarn natürlich nicht wissen. Sie merkten sich lediglich, wie er hieß, und gaben an, dass in der Gegend niemand mit diesem Namen ansässig war. Was durchaus stimmte, denn die

Schmähungen meines Onkels richteten sich gegen jenen Leó Reisz, der von György Nisztor, dem Landwirtschaftlichen Volkskommissar der Räterepublik, bei einer Sitzung des Regierungsrats angeprangert worden war, eines jener Exemplare jüdischer Stutzer zu sein, die auf den Dörfern ihr Unwesen trieben, und zwar mit den Worten: «Gestern, an Fronleichnam, hat sich bitte schön Folgendes zugetragen: Eine Person namens Leó Reisz ist in die Kirche eingebrochen und hat dort das Allerheiligste bespuckt!»

Auch wenn ich Miklós all diese Geschichten verschwieg, so waren sie doch nur dank ihm an die Oberfläche gedrungen, nur er sprach die Ortsnamen von Alistál, Bögellő, Patas oder Dunaszerdahely aus, als wären wir noch immer dort zu Hause, und nur ihm konnte es gelingen, mir selbst meine innerste Kindheitserinnerung ins Gedächtnis zu rufen.

Erst ließ er mir tagelang meine Ahnungslosigkeit, und dann stellte er an einem Vormittag, an dem ich auf der schneeweißen Pritsche lag, umgeben von den blütenweißen Stoffwänden der Behandlungskabine, und mir vor lauter Weiß selber schon ganz blind vorkam, ganz vergnügt die Frage: «Wissen Sie eigentlich, Herr Redakteur, warum das Lamm die Sachertorte nicht angerührt hat?»

In seiner Stimme war weder Spott noch Schadenfreude, nur Mitgefühl, dennoch war ich nicht recht zufrieden. Gerade das Wichtigste schien mir zu fehlen. ‹Ja›, dachte ich, ‹es fehlt das Andächtige, das in den Gesichtern jener Kinder lag, die durch das kleine Fenster des aus Lehm erbauten Gesindehauses hereingespickt hatten.›

Manchmal spionierten die Kleinen aus, was im Schloss vor sich ging, und so konnte dieser Vorfall auch Miklós zu Ohren gekommen sein, wer weiß.

Die für unerwartete Gäste vorbehaltene Sachertorte hatte meine Tante Lili ganz oben auf der Anrichte sichergestellt – einem riesigen Möbelstück, das im Esszimmer stand und so wenig Möglichkeiten zum Festhalten bot, dass es jedem achtjährigen Jungen zum Ruhm gereichte, das als Tabernakel genutzte schmucke Schränkchen emporzuklettern und mit der Torte in der Hand geräuschlos wieder auf dem Parkettboden zu landen.

Mir gelang es noch jedes Mal, mit einem Stück hinauszuschleichen und unbemerkt die Gesindehütten hinter den langgezogenen Kuhställen zu erreichen.

Bözsi Cetli saß auf dem frisch gemachten Bett, und zu ihren nackten Füßchen, die sie herunterbaumeln ließ, kauerte ihr kleines Lämmchen. Beide zusammen waren keine acht Jahre alt.

Ich wickelte die Sachertorte aus meinem Taschentuch und legte sie auf den Lehmboden, dem Tier vor die Nase. Das Lämmchen beschnupperte sie, leckte daran, schob sie mit der Nase ein Stück fort und wandte sich schließlich ab.

All das beobachtete Bözsi gutwillig und mit stummer Zurückhaltung. Ihr die Torte anzubieten, hatte ich mich nie getraut.

Bei schönem Wetter vollbrachte ich dieses Opfer im Schatten des Erdbeerbaums auf dem sonnigen Hof. Die Cetlis gehörten zu jenen privilegierten Bediensteten, die über einen eigenen Hof verfügten.

Hatte ich mich deshalb in ihre Tochter verliebt? So etwas hätte mir nicht einmal Ali Baksay ankreiden können.

Dennoch hatte ich von diesem Kind bis zu der traurigen Wahrheit, die das Inserat ans Tageslicht brachte, einen sehr weiten Weg zurückzulegen – fast so weit wie von meinem ersten Gedicht, das ich gleich nach der Niederschrift für immer unter den schweren Reisekisten auf dem Dachboden des Schlosses hatte verschwinden lassen, bis zu der Erfolgssucht, die mich als hauptberuflichen Schriftsteller erfasste, wenn ich, den Umschlag meines nächsten Romans vor Augen, an einem meiner Manuskripte schrieb.

Wobei man so etwas vor Berufsgenossen – aber auch vor Freunden – nur allzu gern verschweigt, während man Anekdoten wie die vom Lämmchen und der Torte immer gern zum Besten gibt.

Wenn Laci Martinszky sie in Gesellschaft erzählte,

um mich in ein besseres Licht zu rücken, rief er immer aus: «Diese Geschichte könnte von Dostojewski sein!» Erhielt er darauf nur feindseliges oder gleichgültiges Schweigen zur Antwort, so fügte er noch hinzu: «Das hätte dem Kind Stawrogin genauso passieren können!»

Eine für Blinde lesbare Fassung der *Dämonen* wird es leider wohl kaum geben, sodass ich die Meinung des Masseurs in dieser Sache nicht in Erfahrung bringen konnte. Auch schien am nächsten Tag Miklós selbst vollkommen unerwartet und aus mir unersichtlichen Gründen von Dämonen befallen worden zu sein und sich in eine Figur aus einem Roman von Dostojewski verwandelt zu haben.

Schon beim Betreten der weißen Kabine schlug mir aus seinem Mund eine Schnapsfahne entgegen, die ich noch nie zuvor wahrgenommen hatte. Die Aggression brach aber nicht sofort aus ihm heraus, ganz im Gegenteil: Er strich mir zunächst ausgesprochen zärtlich über den Kopf und über das Gesicht. Er legte eine unglaubliche Liebenswürdigkeit an den Tag. Doch schon kurz darauf wurde er ungehalten und begann loszubrüllen, und zwar auf Tschechisch, um von möglichst vielen Personen in der Umgebung verstanden zu werden. Erst später wurde mir berichtet, was er alles gesagt hatte: Ich sei ein überheblicher, selbstherrlicher und kriecherischer Kerl, den er von Anfang an gehasst habe und dem gegenüber er seine Abneigung nur mühsam habe im Zaum halten können. «Mir reicht es jetzt! Soll sich doch ab sofort der Teufel mit Ihnen abplagen!», wetterte er, bevor er mich aus der Kabine jagte und mir dabei einen so kräftigen Stoß verpasste, dass ich hinfiel. Die anderen Patienten mussten mir aufhelfen und mich aus dem Raum geleiten. Das also war das Ende unserer Freundschaft. Doch warum? Wer kann mir das verraten?

Nach einer durchgrübelten Nacht kam ich gegen Morgengrauen zu dem Schluss, Miklós sei möglicherweise wegen seiner Frau so aus dem Gleichgewicht geraten: Vielleicht hatte die Dame von ihrem blinden Mann genug, ihn deshalb hintergangen oder sogar – denkbar war es – heimlich aus dem Weg zu räumen versucht.

Der Mensch geht immer von sich selbst aus, von der Arglosigkeit aufgrund seiner eigenen Unwissenheit und wie er diese an einem bestimmten Tag verloren hat.

Bei mir geschah das recht spät, erst an jenem Nachmittag, als mich Ali aus Czakós Wohnung, in der sich eine kleine Gesellschaft zusammengefunden hatte, anrief und mir das Inserat vorlas. Eine Minute vorher hatte ich selbst noch meinen Krimi gelesen und die Lektüre sogar fortgesetzt – bis zu Piroskas Anruf. Wenn er auch miserabel war, hielt der Roman immerhin eine große Lehre für mich parat.

Meine zweite große Liebe – ein Mädchen aus Mohács, das für die damaligen Verhältnisse als außerordentlich vornehm und reich gelten konnte – lernte ich im Alter von neun Jahren kennen. Wir verbrachten unsere halbe Jugend damit, uns leidenschaftlich zu streiten. An einem der trostlosesten und schmerzvollsten Herbstnachmittage, den wir in unserer Beziehung je erlebt hatten, stand sie Ewigkeiten vor dem Gitterzaun der Nachbarvilla und nestelte an den kahlen, bis auf die Straße hängenden Zweigen des Goldregenbuschs herum. Ob sie die Samen gesammelt hat? Als ich sie dabei ertappte, wie sie im Nieselregen die Zeit vertrödelte, um das von mir ertrotzte Schäferstündchen absichtlich hinauszuzögern, erblasste sie; ja, sie erschrak. Welche Gedanken ihr in diesem Moment aber durch den Kopf geschossen sein mochten, erriet ich erst ein Vierteljahrhundert später, mit dem Krimi in der Hand. Um die Angelegenheit begreiflicher zu machen, muss ich hinzufügen, dass sie Studentin der Pharmakologie war. Folgendes las ich in dem Buch:

Laburnum – besser bekannt unter dem Namen Goldregen – erfreut sich als Gartenpflanze großer Beliebtheit, obwohl sämtliche Teile, besonders aber Rinde und Samen, giftig sind. Die Frucht reift im Herbst und hat eine dunkelbraune Farbe. Oft wird sie mit anderen, zum Verzehr geeigneten Früchten wie Erbsen oder Erdnüssen verwechselt. Aus diesem Grund kommt es in Ländern, in de-

nen der Goldregen verbreitet ist, wie zum Beispiel in England, häufig zu Vergiftungen. Mitunter mit tödlichem Ausgang, wie in unserem Fall.

Während ich in Gedanken noch Miklós' familiärer Tragödie nachhing, quälte mich bereits die beunruhigende Tatsache, dass ich ausgerechnet zu Beginn einer neuen Liebe herausfinden musste, wozu meine Verflossene in ihrem Hass fähig gewesen wäre. Wenn auch nur für einen Augenblick! War das nicht ein fatales Vorzeichen?

Nun konnte ich wieder nur noch an Piroska und mich denken.

Ein- oder zweimal fiel mir noch ein, wie demonstrativ, beinahe theatralisch Miklós mit mir gebrochen hatte – als wollte er gleich der ganzen Welt zeigen, dass er mich verschmähte. Doch wozu das ganze Theater?

Oder hatte er mir nur etwas vorgeheuchelt?

Ich konnte es beim besten Willen nicht sagen.

Staatliche Luxuslimousinen chauffierten die in Prag gelandeten Filmstars durch die Straßen von Karlsbad, in denen überall Plakate und Flaggen hingen. Im Hotel Pupp ertönten die Fanfaren des Internationalen Filmfestivals, und meine Freunde trafen ein.

«Er ist leider noch am Leben!», rief Ali, der mich als Erster begrüßte, worauf Laci, der trotz des Kreuzes seiner fünfzigjährigen Einsamkeit imstande war, ohne

Hochmut den Humor eines amerikanischen Showman an den Tag zu legen, unverzüglich ergänzte: «Wir dagegen sind es kaum noch ...»

«Ach», rief Ali und mimte den Gehetzten, «nun übertreib mal nicht. Lass uns nur schnell eine rauchen und gleich wieder aufbrechen.»

Es stellte sich heraus, dass Laci gegen zehn in einem Café verabredet war, während Ali Jean-Paul Belmondo auftreiben wollte; der Filmstar, mit dem er ein Interview führen wollte, war nur für vierundzwanzig Stunden in der Stadt.

Unbeeindruckt vom internationalen Rummel trug Laci auch hier sein dunkelgraues, in den Kaffeehäusern von Budapest lädiertes Tweed-Jackett sowie die stark mitgenommene Chardin-Krawatte, die ihm womöglich die chinesische Ehefrau von Pierre Emmanuel einmal in Paris geschenkt hatte. Er konnte sich voll und ganz auf sein Gesicht verlassen, das sogar einen Auftragsmörder den jungen Menschen hätte erkennen lassen, und in diesem Menschen wiederum den aufrechten weißen Pionier aus einem Roman von Cooper. Der Rest war Laci egal. Und so erweckte sein Hemd auch heute den Eindruck, als wäre es seit dem Abitur im Schrank vergessen und nach dreißig Jahren wieder hervorgeholt worden.

«Solche Hemden wie Sie tragen fünfzigjährige Männer höchstens zu ihrer Hinrichtung!», ließ ihn eine Berufskollegin bei einer Matinee in der Queen Elizabeth Hall wissen – und um jedes Missverständnis auszuschließen, fügte sie noch hinzu: «Gemeine Straftäter selbstverständlich inbegriffen!»

Hätte Laci nicht gewusst, dass die Dame ihn beleidigen wollte, wäre ihm die Bemerkung vielleicht nicht einmal verletzend vorgekommen. Sei's drum: Er konnte dem ohnehin nichts entgegnen. Nur ein einziges Mal habe ich ihn ordentlich angezogen gesehen; in einem nagelneuen, auf Taille geschnittenen Anzug, den er, da er sich gerade auf dem Weg zu einem Rendezvous befand, mit sichtlicher Freude trug. Aber dennoch sah er darin aus wie ein Sträfling, der gegen Kaution auf freien Fuß gesetzt worden war, woraufhin der Chef seiner Gang ihn als besondere Belohnung zu einem Schneider geschickt hat.

«Kannst du für uns dolmetschen?», fragte ihn Ali.

«Sei mir nicht böse, aber ich bin mit Baroncelli verabredet.»

«Wer ist das denn?»

Laci winkte ab, womit sich Ali allem Anschein nach zufriedengab, obwohl die nachlässige Geste diesem Namen auf unerhörte Weise noch mehr Gewicht verlieh.

«Verstehe», erwiderte Ali knapp und meinte dann mit Blick auf Lacis ausgedientes Jackett: «Mir scheint fast, du lebst nach dem Motto: ‹Ich bin nichts weiter als ein einsamer Mönch, der auf seinem Erdenweg bis auf einen undichten Regenschirm nichts sein Eigen nennt.›»

Laci nickte, ohne den Hohn zu bemerken. «Ein schöner Spruch! Und auch wahr. Von wem ist er? Von Rilke? Oder Kafka?»

Ali ließ ein triumphierendes Lachen hören: «Nein, von einem Diktator! Dem Vater eines Neunhundert-Millionen-Volks – Mao Tse-Tung!»

«Ach so.» Laci gab sich sofort geschlagen und kramte aus der linken Tasche seines Jacketts eine *Munkás* hervor. «Wir müssen dann los!»

Es war halb zehn. In der Absicht, ein Bad zu nehmen, verließ ich mit den beiden das Zimmer und begab mich zu den Badekabinen.

Neid empfand ich nicht. Das Bewusstsein, in dem Spiegel auf dem Gang habe sich einst Gogols Gesicht gespiegelt, die mit Granitplatten verkleideten Wände der Badekabine seien von Chopin schon betrachtet worden, und von dem Heilwasser, das in die aus einer Silber-Zinn-Legierung gegossenen Wannen strömte, habe sich seinerzeit Bach kurieren lassen, entschädigte mich für Belmondo und all die anderen.

Bis zum Hals im Wasser, vernahm ich plötzlich ein Klopfen sowie die liebenswürdige, etwas verlegene Stimme einer Schwester. Auf Deutsch teilte sie mir mit: «Eine Ärztin sucht Sie, Herr Rostás!»

Eine Ärztin? Bislang war ich doch ausschließlich von Männern behandelt worden!

«Wie sagen Sie?», stammelte ich, aber da war mein Gast schon hereingehuscht.

Bis heute weiß ich nicht, wie Piroska es damals erreicht hatte, ins Bad gelassen zu werden. Dass sie Ärztin war, hatte sicher nicht genügt, also wird sie dem Personal auch vorgegaukelt haben, meine Ehefrau zu sein. Wie auch immer: Noch bevor ich zur Besinnung kommen konnte, schloss sie hinter sich die Tür und setzte sich zu mir auf den Wannenrand. «Da bin ich!», rief sie munter und brach urplötzlich in Tränen aus.

Sie trug goldene Sandalen und ein türkisfarbenes Abendkleid, an ihrem Handgelenk hing eine winzige Gobelin-Handtasche. Allerdings war die Schminke, die sie mit großer Sorgfalt aufgelegt hatte, nach zehn Stunden Autofahrt auch ohne Tränen bereits verlaufen. Sie sah aus wie eine zusammengeklappte Marionette.

Ob ich mich erinnerte, begann sie zaghaft, dass sie sich an *jenem* Abend für halb acht angekündigt hatte, aber erst gegen acht bei mir eingetroffen war?

Wie sie erzählte, hatte sie sich verspätet, weil ihr unterwegs ein Bekannter über den Weg gelaufen war, ein Junge, mit dem sie in der Vorbereitungszeit zu ihrer Aufnahmeprüfung angebändelt hatte. Er kam ihr damals gar nicht so dumm vor, außerdem war er Jean-Claude Brialy wie aus dem Gesicht geschnitten, hat seine Prüfung allerdings nicht geschafft. Bei ihrem Wiedersehen erzählte er ihr, dass er inzwischen sein Studium absolviert hätte, nur nicht als Zahnarzt, sondern als Chirurg. Er lud Piroska auf einen Gin Tonic ein und fragte sie, ob sie mit ihm gehen wolle. Nachdem sie in jener Nacht meine Wohnung verlassen hatte, ist sie direkt zu ihm gefahren und war ihm seitdem nicht mehr von der Seite gewichen. Genau gesagt bis gestern Abend, als sie dahinterkam, dass ihr Verlobter gar kein Chirurg, sondern bloß Sanitäter war. In der Absicht, diese Nachricht in die Zeitungen zu setzen, hatte sie unverzüglich bei mir angerufen; sie wusste, auf mich könnte sie zählen. Auf diese Weise hatte sie erfahren, dass ich auf Kur war, und zwar weit weg, worauf sie ihre Rachepläne augenblicklich verwarf, da sie sich schrecklich um mich sorgte und nur noch meine Krankheit sie bekümmerte. Sie ließ sich von meiner Mitmieterin die genaue Anschrift geben – auf Entfernungen hatte sie immer schon gepfiffen. Da sie in ihrem Pass noch ein gültiges Visum hatte, ein sogenanntes Fenster, konnte sie auf der Stelle losfahren. Wobei sie einen kleinen Umweg über den Moskauer Platz in Kauf nahm: Dort erwartete sie ihr Freund, um sie zum Tanz auszuführen.

«Ich könnte mich jetzt noch über sein dummes Gesicht kaputtlachen, als ich ihm aus dem Auto heraus zurief, dass ich Bescheid weiß und für immer mit ihm fertig bin!»

Gegen acht habe sie sich bereits auf der E 5 befunden und den Fuß bis Mosonmagyaróvár nicht mehr vom Gaspedal genommen. Sie fuhr die ganze Nacht durch, über Bratislava, Brünn und Prag. Das sei aber nicht der Rede wert; wenn sie nur wüsste, dass ich sie noch begehrte, wäre sie schon glücklich. Ich versicherte ihr, dass dem so war – obwohl ihr das ohnehin klar gewesen sein dürfte, denn sie stierte unentwegt in die Wanne. Zudem stand sie zu diesem Zeitpunkt nur noch mit einem Bein auf dem Steinboden, das andere hatte sie auf den Rand der Badewanne gelegt. Damit bot sie mir unter ihrem Schenkel den freien Ausblick auf ihr auffällig gepolstertes Höschen, und ich begriff, dass die aufreizende Pose auch dazu dienen sollte, mir nonchalant ihren momentanen Zustand zu offenbaren. Ich habe nichts zu befürchten, wollte sie mir damit wohl sagen; sie werde mir kein fremdes Kind andrehen. Sie kehre ohne Altlasten zu mir zurück, sagte sie dann tatsächlich – und einer Überprüfung halte sie jederzeit stand.

«Der halte auch ich stand», antwortete ich, schielte dabei aber so zögerlich auf ihre Sandale, die auf dem Wannenrand funkelte, dass sie sich noch einmal vergewisserte: «Bist du dir da sicher?»

«Ganz sicher», gab ich einfältig zur Antwort, worauf sie ihre goldenen Schühchen abstreifte und mir mit ihrem großen Zeh einen groben Nasenstüber verpasste:

«Dann los! Und dreh den Wasserhahn auf, sonst gibt's ein Blutbad!»

«Doch nicht hier!», rief ich, als ich sah, dass sie sich ohne zu zögern in eine schneeweiße Porzellanfigur verwandelte, wohingegen ich befürchtete, man könnte uns ertappen.

«Es geht nur hier!», stellte sie klar und drehte eigenhändig den Wasserhahn auf. Bis zu den Knien im Wasser, verloren im dichten, weißen Dunst, durch den nur ihre rosigen Brustwarzen schimmerten, erledigte sie jeden Handgriff rasch und elegant. Allerdings hatte ich dabei meist nur ihren geschwungenen Rücken vor Augen, während sie sich graziös nach vorne beugte und, in einer Hand den Wannenbügel, in der anderen den Duschkopf, mit dem Wasserstrahl ausgiebig ihren Schoß spülte. Ihr türkisblaues Kleid blieb auf dem Toilettendeckel liegen.

Auch danach war einzig ich befangen. Um dennoch geistreich zu erscheinen, bemerkte ich, während wir uns ankleideten: «Das hat Bach hier sicher nicht getan ...» Mir versagte die Stimme.

Piroska nahm den Gesichtsausdruck eines Philosophen an und erwiderte zärtlich und mit der beruhigenden Stimme einer erfahrenen Frau: «Wo gibt es schon zwei gleiche Menschen?»

Nachdem sie auf diese Weise einen Strich unter ihre Budapester Verlobungszeit gezogen hatte, eilte sie nun los, um sich die Porzellansammlung in Dvorec anzuschauen. Wir machten aus, uns nach der Mittagsruhe gegen vier Uhr in der Halle des Kurbads wiederzutreffen, und verabschiedeten uns.

Kaum war Piroska fort, begann ich, sämtliche Kaffeehäuser von Karlsbad abzutelefonieren, bis ich Laci in der Hotelbar des Elefanten endlich antraf.

«Sie ist hier!», rief ich. Alles andere konnte er sich zusammenreimen, sodass er sich nur noch nach der Uhrzeit erkundigte, zu der er aufschlagen sollte.

«Heute Nachmittag um vier?», seufzte er erleichtert, «das ist gut. Doch, ich weiß. Kann ich mir denken. Ich werde es versuchen. Wieso ist das kein Name? Mach keine Witze! Der auch. Natürlich. Na dann, Levente … Mon Dieu!»

Als Piroska um zehn nach vier den mit lauter Zierpflanzen geschmückten Gesellschaftsraum betrat, blickten ihr sechs Augenpaare entgegen, deren Besitzer vor Erwartung gespannt waren. Wir saßen in dem Lichtkegel, der durch die Jugendstil-Glaskuppel fiel, als würden wir gerade fotografiert werden. Piroska kam mit Gazellenschritten auf uns zu. Baroncelli erhob sich als Erster, doch Piroska beachtete ihn kaum. Marie-José Nat hingegen drückte ihr wie einer alten Freundin zwei Küsschen auf die Wange. Piroska erwiderte die Geste, indem sie freundlich, aber zurückhaltend lächelte. Kurz darauf leuchteten ihre Augen auf, und das sogar noch unheilvoller als ehedem im Festsaal des Kecskeméter Rathauses: Vor ihr stand Jean-Claude Brialy.

Hatte Piroska gestern Abend, als sie sich so jäh entschloss, nach Karlsbad zu fahren, mehr das Filmfestival im Sinn gehabt, als mich zu besuchen? Dieser Frage weiter auf den Grund zu gehen, schien mir nicht ratsam, doch die Tatsache, dass ihre Aufmachung, die mir heute Morgen am Wannenrand noch so übertrieben vorgekommen war, dem Anlass nun ganz angemessen war, gab mir zu denken.

«Sagen Sie Monsieur Brialy», wandte sie sich an Martinszky, «dass er aussieht wie einer meiner früheren Kavaliere!»

Während Laci den Satz belustigt übersetzte, strahlte Brialy, gleichsam vom Glorienschein seiner Schauspielkunst umleuchtet, über das ganze Gesicht. Baroncelli gaffte ihn vor Verblüffung einfach nur an.

«Jean-Claude sagt, er findet Sie sehr liebenswürdig und freut sich außerordentlich ...»

«Wirklich?», platzte es aus Piroska heraus. Sie war sichtlich zufrieden.

Da sie kein Französisch sprach, regte Marie-José Nat an, auf den Golfplatz zu gehen: In der Sprache des Sports werde die Unterhaltung sicher leichterfallen.

«Jean-Claude sagt, Gott bewahre, wir sind hier schließlich in einem sozialistischen Land!», dolmetschte Laci, von seinen Worten selbst überrascht. «Hier ist der Sommer der Winter und umgekehrt! Mit einem Wort, hier ist alles anders!»

Die Franzosen gerieten um ein Haar in einen ernsthaften Streit.

«Sie wollen damit doch nicht sagen, in der Tschechoslowakei sei das Golfspielen verboten?», übersetzte Laci die zornige Frage von Marie-José Nat.

«Jamais ça!», erwiderte der Schauspieler entrüstet. «Je ne suis pas completement idiot!»

«Er sagt», raunte uns Laci zu, «sie soll ihn nicht für einen Vollidioten halten.»

Es stellte sich heraus, dass die Auseinandersetzung über Brialys Geistesverfassung an einer harmlosen Kleinigkeit entflammt war: Wenn im Winter Schnee auf den Plätzen lag, benutzten die Spieler rote Bälle. Jetzt aber war es Sommer, der Rasen grünte, hier und da blühte sogar eine rote Blume. Doch weder in den Sportgeschäften noch in den Golf-Klubs waren weiße Bälle zu bekommen – nur rote. Was Brialys Meinung nach ein Prinzip war. Gegen diese Theorie sprach allerdings, dass der Platzwart ihnen in aller Aufrichtigkeit versichert hatte, im letzten Winter habe es trotz meterhohen Schnees nur weiße Bälle gegeben.

«Jean-Claude hegt die Befürchtung», übersetzte Laci mit einem friedfertigen Lächeln, «bei uns könnte es auch in wichtigen Dingen so oder ähnlich zugehen.»

Durch die Glaskuppel drang während der kurzen Stille, die daraufhin entstanden war, das gedämpfte Motorengeräusch eines Flugzeugs in den Gesellschaftsraum.

«Sag ihm, dass er sich jetzt auf den Weg machen kann», meinte Ali und wies nach oben. «Da kommt schon die Sondermaschine der Parteizentrale angeflogen. Die Geheimpolizei hat unser Gespräch abgehört und in Prag sofort die entsprechenden Maßnahmen in die Wege geleitet. Bis Jean-Claude auf dem Platz ist, werden dort fünfhundert schneeweiße Bälle bereitliegen. Oder der Platz wird mit Kunstschnee drapiert sein, was viel aufwendiger wäre – und teurer.»

Alle brachen in Gelächter aus, nur Piroska erblasste, was außer mir und Brialy jedoch niemand sah. Dieser tat, als hätte er nichts bemerkt, und wandte sich mit gespielter Heiterkeit an Marie-José Nat: «Sollen wir mal nachsehen? Mir scheint, unsere Frau Doktor hätte nichts dagegen. Kommen Sie mit?»

Piroska ging gern mit, und auch «die Presse» folgte ihnen auf dem Fuß. Laci und ich blieben im menschenleeren Gesellschaftsraum zurück.

Plötzlich war in seinem Gesicht ganz deutlich die Müdigkeit abzulesen. Während meine Züge in einem solchen Fall zerflossen, sah er aus wie versteinert. Obwohl er mir leidtat, konnte ich ihm die Frage nicht ersparen: «Wird Piroska mit zur Filmvorführung gehen können?»

«Du machst mir Spaß! In dieser Gesellschaft? Es ist doch Brialys Film!»

«Ist die Vorführung heute?»

«Ja. Aber auch wenn sie letztes Jahr gewesen wäre: Mit dem Filmkritiker von *Le Monde* kommt sie immer und überall rein.»

«Das hast du gut gemacht!», sagte ich mit einem anerkennenden Nicken.

Hätte ich mit Krebs im Krankenhaus gelegen und Laci wäre mich kein einziges Mal besuchen gekommen – ich hätte trotzdem gewusst, dass er mich liebt. Dennoch kam es mir gelegen, dass er jetzt da war, wenn auch in erster Linie wegen Piroska. Ansonsten war seine Anwesenheit eher verdächtig und ein Beweis dafür, dass er eine schwierige Zeit durchmachte. Wäre er in einer besseren Verfassung und ein wenig glücklicher gewesen, dann wäre er wohl kaum zu dem Festival gekommen.

«Hab ich einen guten Regisseur abgegeben?», fragte er mit einem leisen Vorwurf und mildem Spott in der Stimme; in seinem Blick lag jedoch inniges Verständnis. Nur die Kraft, das in meinen Augen funkelnde Chaos länger mit anzusehen, hatte er nicht. Rasch wandte er sich ab, um über die Reglosigkeit des neben ihm stehenden Kugelkaktusses nachzusinnen und auf diese Weise selbst für einen Moment zur Ruhe zu kommen. Es war ihm klar, dass die lästige Frage nicht länger auf sich warten lassen konnte: «Und was ist mit Christa?»

Er machte eine undefinierbare Geste.

«Sie arbeitet ... Soeben ist ihre Abhandlung erschienen. Tausend Seiten stark! Ein Buch über die Religionsgeschichte Russlands.»

Genau wie vor einem Augenblick, als von mir die Rede gewesen war, mischten sich in Lacis Stimme Vorwurf und Verständnis. «Du weißt ja, wie die Wissenschaftler sind», sagte er. «Gewohnt, regelmäßig zu arbeiten, ertragen sie es nicht, wenn jemand den ganzen Tag nur raucht und vor sich hin starrt. Früher oder später treibt das jeden von ihnen zur Weißglut.»

Mittlerweile habe er sich zur Gewohnheit gemacht, immer ein Blatt Papier in seiner Nähe liegen zu haben. Und neulich, nach einer durchstrittenen Nacht, habe er tatsächlich etwas notiert; den *Tod des Pan*, das Gedicht von Reviczky, das er als Kind so geliebt hatte und heute noch auswendig kannte. Natürlich teilte er es sich sorgfältig ein, damit es den ganzen Vormittag in Anspruch nahm. Dabei vergaß er auch nicht zu radieren, durchzustreichen, zu korrigieren und am Ende eine saubere Fassung zu schreiben. Vielleicht würde er sich heute über sich selbst amüsieren können, wäre ihm nicht unverhofft aufgegangen, dass er eigentlich nichts anderes tat als dieser Fußballstar aus den Fünfzigern, der zum Weltfriedenskongress entsandt worden war, wo er auf seinem Block hin und wieder einen Fluch notierte, damit ja alle sahen, wie aufmerksam er war und wie gewissenhaft er mitschrieb. Mit anderen Worten: Zwischen Christa und Laci bestand der gleiche Gegensatz wie zwischen Ingeborg Holm und Tonio Kröger, ein Gegensatz, den Laci zwischen sich und einer Schwarzen oder einer Asiatin nie wahrgenommen hatte. Und zum ersten Mal erwähnte er, wo wir uns nun unterhielten, den Namen jener schwarzen Schauspielerin, die ihn gepflegt sowie für ihn gekocht und geputzt hatte, als er in Paris an einer Lungenentzündung erkrankt war, während Christa bei ihrem Mann in Bremen weilte. Sie war es, die er zwischen sechs und sieben aus dem Hotel Sewastopol anrufen wollte.

«Ich hoffe, ich kann die Nummer finden», murmelte er und gab dann, in seinem Notizbuch blätternd, einen müden Seufzer von sich. «Karlsbad kann man doch vergessen, oder? Was aus Europa kommt, gilt hier so gut wie gar nichts. Ausgenommen Irland und Polen vielleicht. Oder England. Möglicherweise sogar Siebenbürgen. Ich weiß es nicht. Jedenfalls mutet diese Stadt an wie Lillafüred, nur in der Größe Berlins. Na, ich glaube, jetzt habe ich ihre Telefonnummer gefunden. Bis später!»

Er verabschiedete sich in dem plötzlich veränderten Tonfall eines Depressiven, und mit einem Gesichtsausdruck, der auf dem Gefrierpunkt angekommen war – als hätte er mich mit einem kalten Schwamm von der Tafel gewischt. Seine Augen waren noch auf mich gerichtet, doch er sah mich schon gar nicht mehr.

Mein Blick blieb an der hinter ihm herumwirbelnden Drehtür hängen, und ich war mir sicher, bei der abendlichen Vorführung des Wettbewerbsfilms im Prunksaal des Hotel Pupp lediglich mit der Anwesenheit von Ali und Piroska rechnen zu können; Laci würde zunächst in einem Bistro etwas trinken gehen, dann durch die Wälder streunen und dabei vermutlich den mittleren Knopf seines Jacketts verlieren, der nur noch an einem dünnen Faden hing.

Später, als ich in meiner Krankenunterkunft schlafen ging, fiel mir dieser Knopf erneut ein. Sollte Laci ihn verlieren, würde er ganz sicher zurückgehen, um ihn zu suchen. Lange würde er suchen und in die Dunkelheit starren und die Erde und das von Tau bedeckte Gras abtasten. Aber nicht weil er pedantisch wäre, sondern weil er getrunken hätte und in diesem Zustand endgültig von den Schuldgefühlen aus seiner Kindheit übermannt werden würde, die ihm auf jenem Schloss eingepflanzt worden waren, auf dem er Jahr für Jahr seine Schulferien verbracht hatte, das aber eigentlich eine Besserungsanstalt war. Lacis Tante war dort Oberschwester gewesen, und häufig hatte sie von den gefallenen Mädchen, die noch minderjährig waren, über eine verlorene Nadel, einen Fingerhut oder ein

Stück Faden Rechenschaft gefordert – waren selbst diese Kleinigkeiten der Betreffenden in letzter Konsequenz doch von Gott geschenkt worden, womit sie diese auch hätte hüten müssen wie eine heilige Hostie. So geschah es, dass Laci auf seinem Waldspaziergang Schuldgefühle überkamen, die sich in seinem Inneren zu einer wahren Panik auswuchsen, als er den Boden abtastete und so lange an seinem Jackett fummelte, bis es an der Stelle des fehlenden Knopfs zu bluten begann. Am Ende würde sich Laci mit der Suche genauso quälen wie ein nachts aus dem Zug geworfener blinder Hund sich quält, seinen Herrn wiederzufinden, der sich auf wundersame Weise in einen Jackettknopf verwandelt hat.

‹Genau das ist es!›, dachte ich zu meinem eigenen Erstaunen. ‹Aber wo ist dann die Grenze, wo der Unterschied? Um wie viel wird ihm das, was ihn früher mit dem ein oder anderen unerreichbaren Mädchen verbunden hat und heute mit Christa verband, wichtiger sein als ein Knopf?›

Und wie verhielt es sich mit unserer Freundschaft?

Vor ein paar Jahren hatte Laci die Kartause La Valsainte besucht und dort die schwarzen, von zerrissenen Nebelschwaden umhangenen, namenlosen Holzkreuze auf dem Klosterfriedhof fotografiert. Von den Aufnahmen schenkte er mir einen Abzug, der lange Zeit das einzige Bild an meiner Zimmerwand blieb – bis eines

Tages die Fotografie einer jungen Frau hinzukam, die sich gerade sonnt, bekleidet mit einem winzigen Bikini.

Zurück von La Valsainte erzählte Laci: «Wenn man sich dort als Anwärter vorstellt, bekommt man zu hören: ‹Draußen in der Welt ist jeder mit sich selbst beschäftigt. Glauben Sie nicht, dass wir hier jeder nur für den anderen leben. Nein! In Wahrheit ist hier jeder nur dem Einen verpflichtet.›»

Aus der Perspektive schien es mir gar nicht so abwegig, eine Freundschaft mit einem verlorenen Knopf zu vergleichen, weder unsere noch Lacis andere Freundschaften – von seinen Liebschaften ganz zu schweigen. Nein, ich war für ihn bloß ein Mensch, genauso wie alle anderen – diejenigen eingeschlossen, über die er sich so häufig lustig machte, weil sie ihn irgendwann einmal verletzt hatten.

Da er gern für den Rest seines Lebens ins Kloster gegangen wäre, rauchte er nach seiner Rückkehr von La Valsainte monatelang keine einzige Zigarette mehr. «Das fällt mir am schwersten», sagte er mir in einem Café, während ich ihm meinen Rauch ins Gesicht blies, weil er darauf bestanden hatte, dass ich nach Herzenslust qualmte. Er meinte, das störe ihn nicht. «Wenn man über dreißig Jahre lang täglich zwei Schachteln *Munkás* geraucht hat und es dann schafft, von einem Tag auf den anderen aufzuhören, kann man sich vielleicht allmählich selbst vertrauen.»

Noch nach sechs Monaten bekam er vom Nikotinentzug Schwindelanfälle, doch er blieb standhaft. Bis er auf einer Konferenz im nahe Paris gelegenen Poigny Christa kennenlernte – und sie einen Sommer später in einem von dichtbelaubten Bäumen umsäumten Garten in Alt-Buda ablichtete wie zuvor die Kreuze auf dem Klosterfriedhof. Die Aufnahmen waren ebenso gelungen wie die ersten, und auch diesmal schenkte er mir zur Erinnerung einen Abzug – weil ich ihm seiner Meinung nach zu der Erkenntnis verholfen hatte, dass der wunderschöne junge Körper auf der Gartenliege einer weiblichen Grabfigur glich. Dabei hatte ich ihm doch zu überhaupt nichts verholfen. Im Gegenteil, es verdross mich, dass er unaufhörlich dieses Bild anstarrte, anstatt auch nur ein Fünkchen seiner Aufmerksamkeit mir und meinem Geplapper zu schenken. Dann rief er, kaum war ich zu Hause angekommen, auch noch bei mir an, um mir zu erzählen, er gedenke ein ganzes Bühnenstück über das Foto zu schreiben, den ersten Satz habe er schon, ich solle ihn mir anhören. Er besagte, das Antlitz der Protagonistin erinnere an das Gesicht eines jungen Soldaten. Dabei sah Christa ganz und gar nicht so aus. Nur war die erste Frau, die Laci in seinem Leben je begehrt hatte, eine Soldatin gewesen. Kurz vor ihrer ersten Begegnung noch bei der SS, galt sie in der amerikanischen Besatzungszone als politischer Flüchtling, da sie aus Estland stammte.

Sie hatte unweit der Umzäunung der Frankfurter Trabrennbahn neben einem Heuballen in der Sonne gelegen, und Laci, der Flakhelfer, der den Besatzern nicht einmal der Gefangennahme wert gewesen war, ließ sich so ungeniert neben sie ins Gras fallen, wie ein alter, stinkender Penner sich für eine kurze Verschnaufpause und einen Schluck Schnaps neben seinen Genossen sinken lässt. Warum hätte er sich wegen eines Wesens, das ihm derart gleichgültig war wie ein Mädchen, auch irgendeinen Zwang antun sollen? Er lieh sich ihren feucht glänzenden Kaugummi, auf dem sie bereits eine Weile herumgekaut hatte und den sie sich später zurückerbat, um ihn in aller Seelenruhe weiterzukauen, bevor sie ihn erneut Laci gab. Unterdessen lauschte er voller Staunen und mit beständigem Kopfnicken dem Bericht über das erschütterndste Erlebnis ihres Lebens, das sich im dunklen Bahnhofsgebäude eines ostpreußischen Städtchens zugetragen hatte, als an einem der aus Sicherheitsgründen geräumten Bahnsteige, in Flutlicht getaucht, der Führersonderzug über die Gleise rauschte. Obwohl es verboten war, sich an die Fenster der Bahnhofsstation zu stellen, hatte sie heimlich nach draußen gelinst und in einem der langsam vorübergleitenden Waggons den leichenblassen Hitler erblickt. In gekrümmter Haltung saß er dort und beugte sich über den Tisch mit den Landkarten – übermenschlich verwaist, die einsamste Kreatur der Welt.

Wie werden die Wangen des jungen Martinszky geglüht haben, als er diesem heimatlosen Backfisch seine eigene innere Heimatlosigkeit gestand, die dank der Anziehungskraft des Mädchens, das er unversehens begehrt hatte, jedoch für immer ein Ende haben sollte. Wie gern wollte er glauben, der Hölle seiner ebenso hoffnungslosen wie ketzerischen Begierden entkommen zu sein und den Weg ins Paradies gefunden zu haben! Doch was ist aus dieser Leichtgläubigkeit, die ihm ins Gesicht geschrieben stand, geworden? Ich selbst habe nur noch sein späteres Antlitz kennengelernt; jenes, das er in seinem von *Die Nächte der Cabiria* inspirierten Gedicht beschrieben hat, das entstellte Gesicht Oscars, als er seine Mordpläne schmiedet, in das bedrohliche Licht eines aus der Tiefe heraufschimmernden Gewässers gerückt – im Gedicht ist es das Meer, im Film der Albaner See.

Der Streifen von Fellini lenkte meine Gedanken endlich wieder zu dem Spektakel, das heute Abend eröffnet worden war, dem Filmfestival. Um zu sehen, wie weit es inzwischen wohl vorangeschritten war, knipste ich die Lampe an: Es schlug bereits Mitternacht. Die Vorführung des französischen Wettbewerbsbeitrags mit dem Titel *Die Madonna der Dünen* war vermutlich zu Ende, der Eröffnungsempfang im Hotel Pupp dafür in vollem Gang, und ich hätte längst schlafen sollen.

Am Morgen danach erwachte ich spät, nahm den

für meine Badekur festgesetzten Termin jedoch wahr, da ich annahm, meine Freunde würden nach der langen Nacht erst spät aus den Federn steigen und sich vor Mittag nicht bei mir blicken lassen.

Doch kaum hatte ich es mir in der mit Heilwasser gefüllten Wanne bequem gemacht – die mit einem leisen Knistern entweichende Kohlensäure war meine einzige Unterhaltung –, als ich auch schon ein Klopfen vernahm und die Schwester nicht ganz so verlegen, aber auch längst nicht so liebenswürdig wie am Vortag, auf Deutsch zu mir in die Kabine rief: «Jetzt ein Herr sucht Sie ...»

Vielleicht hatte sie etwas gegen Südslawen – und Ali sah aus wie der bunjewatzische Cousin von Dezső Kosztolányi.

«Baron von Rostás?» Er stand im Türrahmen, klopfte von innen an die geöffnete Tür und machte mit seinem hundert Kilo schweren Körper – Ali hatte die Statur eines Riesenpinguins –, eine höfliche Verbeugung. In seinen Augen leuchtete der Widerschein unserer studentischen Späße. «Stets zu Ihren Diensten!»

Er trat ein, ließ sich in einen Rollstuhl plumpsen, der in der Zelle vergessen worden war, zündete sich eine Zigarre an und versank in einer Wolke aus Rauch und Resignation. «Stell dir vor, ich hab mein ganzes Geld verloren! Bis zum letzten Kreuzer! Nicht einmal einen Kaffee kann ich mir noch leisten.»

Mir fiel nicht sofort ein, ob es in Karlsbad ein Kasino gab. «Beim Kartenspiel?»

«Ach was! In Brialys Suite!»

«Dann bitte ihn doch einfach, es dir zurückzugeben. Oder sag dem Zimmermädchen Bescheid. Oder dem Portier.»

«Bist du wahnsinnig? Da wär ich ja schön blöd ... Du hast mal wieder ausgezeichnete Ratschläge parat!»

Getreu seiner festen Überzeugung, ich sei ein egoistischer Mistkerl, außerstande, mich in das Unglück eines Freundes hineinzuversetzen, ignorierte Ali geflissentlich, dass ich hier das Leben eines ganz normalen Patienten führte und von all den Dramen, die sich in den Luxushotels abspielten, keinen Schimmer hatte.

Er setzte eine finstere Miene auf. «Ich soll es also dem Zimmermädchen sagen? Dem Portier? Oder vielleicht dem Hoteldetektiv? Ich soll es aller Welt kundtun, ja? Du bist doch von Sinnen!» Ali fasste sich an den Kopf, sprang aus dem Rollstuhl, rannte zur Tür hinaus und knallte sie hinter sich zu.

Nach vierzig Jahren kennt man seine Freunde gut genug, um zu wissen, dass sie sich selbst unter vier Augen mit Vorliebe so benehmen, als müssten sie die Tragik ihrer Lage einem Stummfilmpublikum verständlich machen. Vielleicht glaubte Ali an einen Gott, der zwar alles sah, jedoch taub war. Aber wie dem auch war, er kehrte augenblicklich zurück, nahm wieder Platz und gab sich mit sichtlichem Vergnügen der Freude des Erzählens hin.

Vor der abendlichen Vorstellung war dem Publikum, wie bei einer Filmpremiere üblich, die französische Delegation vorgestellt worden. Dann war Brialy ans Mikrofon getreten und hatte ein paar höfliche Floskeln von sich gegeben. Wie sehr er sich freue, in Karlsbad zu sein und so weiter. Nur eines möge er gar nicht, beschwerte er sich, womit seine Rede eine unerwartete Wendung nahm: wenn man ihn aus dem Schlaf riss. Als er heute nach dem Mittagessen sein Schlafgemach verdunkelt habe und schon beinahe eingenickt sei, habe mit einem Mal jemand seine Suite gestürmt und sich schnurstracks ins Badezimmer begeben, wo diese Person ausgiebig geduscht und dabei die Arie des Herzogs von Mantua gesungen habe – aus voller Kehle. Dann habe der Eindringling noch einige Stücke aus einer ihm persönlich nicht bekannten Operette zum Besten gegeben, um am Ende aus der Suite zu türmen und hinter sich die Tür ins Schloss zu schmeißen. Hinterlassen habe er eine Sintflut biblischen Ausmaßes. Er sei aber überzeugt, versicherte Brialy, bei dieser Episode könne es sich nur um einen einmaligen Unglücksfall handeln, der zufällig ihn getroffen hatte und keinesfalls für die ansonsten so hervorragende Organisation des Festivals stand. Dann bedankte er sich noch einmal herzlich für die Einladung und beteuerte, er fühle sich sehr geehrt, dass der französische Wettbewerbsbeitrag am Nationalfeiertag seines Landes, dem Tag des Sturms auf die Bastille, zur Vorführung kam.

Die Stimmung war ausgelassen und wurde von einem langanhaltenden, stürmischen Applaus begleitet. Trotzdem war Ali überzeugt, dass die Filmjury dem unbekannten Tenor gewiss keinen Kristallglobus verleihen würde, sodass er es für klüger hielt, weder dem Zimmermädchen noch dem Portier Bescheid zu sagen, und das Geld, das ihm beim Entkleiden aus der Tasche gefallen war, verloren zu geben.

Die Vorgeschichte dieses Missgeschicks war, dass Ali im Hotel Pupp zu Mittag gegessen hatte und den anderen beim Kaffee erzählte, er müsse noch duschen, sei aber zu faul, ins Hotel Sewastopol zurückzukehren. Czakó gab ihm daraufhin seine Zimmernummer, die Ali aber sogleich wieder entfiel, woraufhin er dem Portier eine falsche nannte. Der stellte fest, dass sich der Schlüssel auf dem Zimmer befand, was durchaus stimmte. Dass aber bereits jemand dort war, kam in dem dunklen Zimmer nicht ans Licht. Hätte dieser Brialy nicht wenigstens schnarchen können?

Zu guter Letzt fügte Ali noch in Klammern hinzu, dass Martinszky mit der Morgenmaschine nach Hause geflogen war und ihm seine restlichen Kronen dagelassen habe, sodass er sich nicht nur einen Kaffee, sondern auch etwas zu essen leisten könne. Dabei handle es sich bei dem Geld trotz allem natürlich um einen Kredit; und da er das gesamte Haushaltsgeld mit auf die Reise genommen habe, müsse seine Frau Ibi zu Hause ebenfalls Schulden machen.

«Die und das Geld! Ich schwöre dir, sie würde einen zerknüllten Hundertdollarschein gegen eine neue Zehn-Forint-Münze eintauschen und sich darüber auch noch freuen, weil die schöner ist; glänzender und runder und was weiß ich noch alles ... Schwerer zum Beispiel. Die hat einfach keine Ahnung. Du würdest es keinen Tag mit ihr aushalten!»

Ich nickte zustimmend, dabei ging mir der Gedanke durch den Kopf: ‹Der Ruhmesstern eines Menschen kann noch so hell leuchten – wenn die Nachwelt erkennt, dass dieser Mensch die Herzensgüte nicht schätzt, wird sie ihn trotz aller blendenden Eigenschaften fallenlassen wie eine heiße Kartoffel.›

Denn Baksay hatte recht, auch wenn er die Wahrheit karikierte: Seine Frau gab das Geld nicht aus, weil sie ein selbstsüchtiges Weibsbild war, sondern da sie auch mit zunehmendem Alter ebenso liebenswert wie schafsköpfig blieb; jederzeit bereit, sich zugunsten anderer in Verzicht zu üben und ihre Habe zu verteilen. Bei mir hätte das jede Art von Leidenschaft erstickt, Ali hingegen fühlte sich von diesem Verhalten angezogen, was nicht hieß, dass er nicht dennoch nach Herzenslust über seine Frau spottete. Er wiederholte gern vor allen

Leuten: «Nicht einen Tag würdest du es mit ihr aushalten, mein Lieber, nicht einen!»

Während er so daherredete, hatte ich mich angezogen, und wir verließen die Badezelle. Alis Sorgen als Ehegatte hatte ich mir bereits im Gesellschaftsraum anhören müssen, wobei ich zusehends nervöser wurde, weil mich die ganze Zeit nur eins interessierte: mit wem Piroska den Abend verbracht hatte.

«Mit niemandem», gab Ali mir endlich preis. «Sie hat den ganzen Abend über einen geradezu lächerlichen Hochmut zur Schau getragen. Zwar war sie bei der Filmvorführung sichtlich angespannt, aber beim Empfang hat sie sich dann in einen einsamen, riesigen Sessel zurückgezogen, fünfmal so groß wie unserer hier, und ihn bis zum Morgengrauen nicht mehr verlassen. Obwohl sie von dem ganzen Zirkus hin und weg war, gab sie sich alle Mühe, die Überlegene zu spielen. Als sei sie nicht von Weltstars umgeben, sondern von Statisten. Um bei einem ihre Hobbys zu bleiben: Sie führte sich auf, als wäre sie Herender Porzellan.»

«Sie ist die schönste Böttger-Tasse der Meißener Albrechtsburg!»

«So ein Unsinn!»

Seine eigene Frau verunglimpfte er beharrlich, und so konnte Ali es nicht ertragen, wenn eine andere gepriesen wurde. Er zündete seine erloschene Zigarre wieder an und versank in Grübeleien. Sein Schweigen währte nicht lange: «Weißt du eigentlich, an was für einem gefährlichen Ort du dich befindest?»

«Den hast du doch für mich ausgesucht!»

Baksay musste lachen: «Ja, um dich aus dem Straßengraben zu holen!» Er hielt sich seine zu einem Fernglas geformten Hände vor die Augen, stand auf und drehte sich einmal im Kreis. Mit einem Strahlen im Gesicht nahm er wieder Platz. «Du würdest heute noch da liegen!»

«Lassen wir das. Also, wovon redest du?»

«Es hat einen Mordanschlag auf einen Patienten gegeben.»

«Wer sollte denn so etwas tun?»

«Ein blinder Masseur.»

Er sah, wie ich erbleichte. Das konnte ihn jedoch kein bisschen überraschen; ein Hypochonder wie er hätte an meiner Stelle sofort die Koffer gepackt.

«Das ist sicher nur Gemunkel.»

«Nein. Der Patient wird womöglich für den Rest seines Lebens gelähmt sein – ein Halswirbel ist gebrochen oder zumindest angeknackst. So genau weiß ich das nicht. Jedenfalls geht die Polizei davon aus, dass es kein Unfall war. Im Gegenteil, der Masseur hat sich offenbar tagelang auf den Anschlag vorbereitet.»

Obwohl ich ein paarmal kräftig schlucken musste, war ich bemüht, ein gleichgültiges Gesicht zu machen. «Kennt man das Opfer?»

Ali winkte ab: «Kein Prominenter, nur ein alter Eisenbahner. Stationschef aus irgendeinem Dorf bei Brünn.»

In diesem Moment kam Piroska durch die Drehtür geflogen. Sie war ganz anders gekleidet als am Tag zuvor, trug ein enges, orangefarbenes Polohemd, Jeans und Sandalen von Dr. Scholl. Sie habe sich die Sachen vor einer halben Stunde in einer Boutique gekauft, erzählte sie, und sich dann im Auto umgezogen. Die Hose sei kein Problem gewesen, in die habe sie unter dem Rock unauffällig schlüpfen können, mit dem T-Shirt sei das aber nicht möglich gewesen. Und so habe sie in dem Moment, als drei Typen grinsend neben ihrem Wartburg stehenblieben, um die Prozedur zu beobachten, oben herum das große Nichts angehabt. Prompt begann einer der drei, auf Französisch auf sie einzureden – wie sich später herausstellte, wollte er ihr sagen, er habe sie im Museum von Dvorec schon als «lebendes Kunstwerk» bewundert. Er war allerdings kein Franzose, sondern Belgier, während der Zweite Pole und der Dritte ein rumänischer Ungar war, wobei sie das erst in der Bar erfuhr, in die Piroska mit den drei Typen auf einen schnellen Gin eingekehrt war und wo ihr der Ungar das Kompliment des Belgiers übersetzte. Ansonsten wusste sie über die drei nur noch, dass sie gerade ans Ende der Welt aufbrechen wollten, in die Antarktis oder sonstwo hin. Demnach waren sie Dokumentarfilmer oder gaben sich zumindest als solche aus. Übrigens sei das ganz egal, weil sie die drei in ihrem Leben sowieso nicht wiedersehen würde. Den Film vom Vorabend jedoch wollte sie unbedingt noch einmal sehen, allein schon der Landschaft wegen. Der Atlantik mit seinen riesigen Dünen und der schöne Badeort, in dem der Film spielte, hatten es ihr mächtig angetan. Er habe Le Coq geheißen, und zu Hause würde sie ihn unverzüglich in ihrem Reiseführer nachschlagen.

Ali hingegen hatte der Film beim ersten Mal schon gereicht, außerdem wusste er nichts von dem am Moskauer Platz stehengelassenen Sanitäter, dem Brialy so ähnlich sah, daher konnte er Piroskas Gelächter auch nicht entsprechend würdigen, als sie zu erzählen begann, wie der SS-Offizier, den der Franzose im Film darstellte, zu Tode kam.

«Wenn du das dumme Gesicht gesehen hättest, als er dastand und erkannte, dass alles aus war! Noch war die Salve gar nicht abgefeuert, aber es zeichnete sich schon ab, dass er gleich in sich zusammensacken würde. Die Erkenntnis, dass er sich die Frau für immer abschminken konnte, hat ihn innerlich zerrissen.»

Ali fiel ihr beherzt ins Wort: «Mir fällt gerade ein, dass ich noch dringend ein Telex ans Blatt schicken muss!» Er erhob sich und gab Piroska einen flüchtigen Handkuss, den diese aber gar nicht zu bemerken schien.

Brialy war von Marie-José Nat in die der Madonna der Dünen geweihte Kapelle zu einem Stelldichein bestellt worden, ohne zu ahnen, dass das Mädchen der Résistance angehörte.

Nun unterbrach ich Piroska. Ich wollte über uns sprechen, ahnte aber, dass sie nicht viel Zeit hatte, also erkundigte ich mich, wie lange sie in der Stadt zu bleiben gedachte. Gar nicht, erwiderte Piroska, sie fahre gleich ab, schließlich müsse sie morgen wieder in ihrer Barátszentlaker Praxis arbeiten. Sie wolle nur schnell den Film zu Ende erzählen.

Brialy stand also vor der Kapelle in der Sonne und musterte mit teilnahmsloser Miene die mit Windjacke und Kapuze bekleideten Krebsfischer, die im seichten Wasser auf dem Rücken ihrer Pferde über den Strand trabten. Verdacht schöpfte er erst, als er das Knattern eines herannahenden Motorboots vernahm. Er schoss eine Leuchtrakete ab, wurde aber, noch bevor seine Soldaten ihm zu Hilfe eilen konnten, aus der Maschinenpistole einer der als Krebsfischer verkleideten Widerstandskämpfer getroffen. Der Nat gelang es unterdessen, ins Boot zu springen und über das Meer zu entkommen. An dem nun folgenden wilden Feuergefecht, bei dem ein Widerständler nach dem anderen starb, beteiligte sich Brialy nicht, er beschränkte sich darauf, durch sein Fernglas dem entschwindenden Motorboot hinterherzuspähen. Dann schleppte er sich in die Kapelle, wo er – der Offizier, der aus Ekel vor seinen Mitmenschen stets Handschuhe trug – über dem Weihwasserbecken, in das so viele Bauern bereits ihre schwieligen Hände getaucht hatten, mit blutendem Unterleib zusammenbrach und das Weihwasser wie ein fiebriger, tödlich verwundeter Hund bis auf den letzten Tropfen ausschlürfte.

An dieser Stelle ihrer Erzählung saß Piroska bereits mit zusammengepressten Schenkeln da. Sie blickte mir aus ihren großen Augen entgegen und sprach mit einer so veränderten Stimme, dass sie ganz dem jungen Mädchen glich, das ich einst als Halbwüchsiger beobachtet hatte, wie es, auf die Spitze seines Fahrradsattels gestützt, nicht nur der Wiese, sondern auch dem Orgasmus entgegenradelte.

«Du …», setzte ich an, mehr konnte ich aber nicht sagen, weil sich Piroska auf einmal nach vorn beugte, ihren Kopf in meinen Schoß presste und mit den Armen fest meine Lenden umschlang.

Im Grunde hätte das eine harmlose Szene darstellen können: Eine Frau verbirgt beim Abschied ihr weinendes Gesicht. Doch Piroska weinte nicht, sie erzitterte nur und stieß einen heftigen Seufzer aus. Dann richtete sie sich wieder auf und ließ die Mundwinkel hängen.

Es war ein seltsamer Abschied: Wir trennten uns wie zwei Kleinkinder, die frisch gewickelt werden mussten. Nur, dass wir schon selber laufen konnten – Piroska zu ihrem Auto, das vor dem Eingang stand, und ich zur Toilette. Wir winkten einander nicht einmal nach.

Hatte sie zu viel Gin getrunken? Oder war sie angeschlagen, weil sie die beiden Nächte durchgemacht hatte?

Wahrscheinlich kam beides zusammen, dachte ich damals. Erst mit der Zeit erfuhr ich den wahren Grund für ihre neurotischen Anwandlungen, die sie mir womöglich nur vorspielte – sie waren die denkbar beste Maske, die Piroska sich hatte aufsetzen können.

In meiner letzten, wieder in Einsamkeit verbrachten Woche in Karlsbad, in der ich ohne Miklós in die sprachliche Isolation zurückkehrte, ging ich in der Abenddämmerung hin und wieder an dem Bonbonladen vorbei, in dem die kleine, unansehnliche Verkäuferin arbeitete. Einmal schien sie mich bemerkt zu haben, doch sie wandte den Blick sogleich wieder ab. Dabei war sie die Einzige, mit der ich über Miklós vertraulich hätte reden können; Ali neigte dazu, jeden Klatsch zu einer heißen Story zu machen. Das Mädchen wollte mich aber nicht bemerken. Zugegebenerweise schlug ich den Weg zu ihrem Laden immer erst abends ein, was die Vermutung nahelegte, auch ich wollte nicht öffentlich mit ihr verkehren. Fielen wir etwa dem Allerschlimmsten anheim und kamen einer unausgesprochenen Übereinkunft nach, da wir uns einer des anderen schämten?

Auf dem Malév-Flug von Prag nach Budapest kam mir dann eine kuriose Geschichte zu Ohren. War sie eine Erklärung für die sonderbaren Vorgänge? Mit der landesüblichen Ungeniertheit sprachen einige der ungarischen Passagiere ganz offen darüber, dass in der Nacht des 14. Juli ein kleines Flugzeug der Alpinen Bergwacht über die Grenze geflogen war, auf dem Golfplatz von Karlsbad die Frau und die kleine Tochter eines am Tag zuvor verhafteten Mannes an Bord genommen hatte und dann nach Österreich zurückgekehrt war.

«Nein, in die Bundesrepublik!»

«Schon möglich, aber die Maschine flog unter Schweizer Flagge.»

«Nein, unter französischer!»

Schließlich warf jemand ein: «Sie sind wohl alle dabei gewesen?», worauf die Angelegenheit in Gelächter unterging.

Als Piroska mich am Flughafen Ferihegy abholte, sah sie mitgenommen aus. Ihre Praxis in Barátszentlak hatte sie aufgegeben, in Budapest aber vergeblich nach einem neuen Arbeitsplatz gesucht, dabei hatte sie schon fünf Anläufe unternommen. Von mir aus wäre ich zu ihr aufs Land gezogen, doch hätte ich dort keine Arbeit gefunden.

Das Arbeitsplatzproblem war bis Oktober gelöst, dafür ging das Theater mit dem Wohnungswechsel los. Meine siebzig Jahre alte, unverheiratet und unberührt gebliebene Mitmieterin, die sich zeitlebens nach einer eigenen Wohnung gesehnt hatte, benahm sich plötzlich wie eine bis aufs Blut beleidigte Ehefrau; sie betrachtete mein Angebot als Scheidungsantrag und wollte von einem Auseinanderziehen nichts wissen. Auch die Rolle, die meine zukünftige Schwiegermutter bei Piroskas Scheidung gespielt hatte, kam erst jetzt ans Tageslicht: Immer wenn Piroska zu ihrem Verlobten und späteren Ehemann gefahren war, hatte ihre Mutter akute Symptome von Angina vorgetäuscht, ließ ihrer Tochter hinterhertelefonieren und erwartete sie dann mit blau angelaufenem Gesicht und nach Luft ringend im Krankenbett, wobei sich ihr Befinden nicht eher besserte, als dass Piroska ihr ein paar Ohrfeigen verpasste und ihr ins Gesicht spuckte. Dauerhaft gesundete sie erst, als Piroska mit ihren Wochenendabenteuern angefangen hatte: Stets hoffte sie, ihre Tochter würde nur an Filous geraten, die sie am Montag schon wieder vergessen hatte.

«Lach mich ruhig aus!», sagte Piroska. «Sie hat genau gewusst, dass ich mit einem Schwindler liiert war. Im Bewusstsein, alle Fäden in der Hand zu haben, hat sie dennoch zu ihm gehalten!»

Von ihrer Offenherzigkeit ermutigt, ließ ich anklingen, dass auch sie es mit der Wahrheit nicht immer so genau nahm. Natürlich war ich bemüht, meine Worte behutsam zu formulieren, dennoch überraschte es mich, dass sie überhaupt nicht widersprach. Sie war gar nicht beleidigt, sondern griff in ihre Tasche und reichte mir die Postkarte, die sie von dem belgischen Filmemacher aus Karlsbad bekommen hatte. «Könntest du in dieser Weise zum Ausdruck bringen, dass du traurig bist, weil ich nicht bei dir sein kann?»

Ich blickte sie verwundert an.

«Aber er hat doch gar nichts geschrieben!», erwiderte ich, da mir sofort aufgefallen war, dass außer der Anschrift nur der Vorname des Absenders auf der Postkarte stand.

Piroska lächelte überlegen: «Dreh sie mal um!»

Es war eine seltsame Postkarte, so viel stand fest: Am unteren Rand waren dreimal drei goldgelbe Punkte in einer Reihe. Offenbar sollten es Lichter sein. Darüber stand in winzigen Neonbuchstaben: *Salut du Tunnel du Mont-Blanc*. Der Rest der Karte war pechschwarz.

Das Ganze erinnerte mich an die Geheimnistuerei von Jugendlichen, Piroska hingegen brachte es auf die Idee, auch wir beide sollten ein Motiv vereinbaren, bei dessen Anblick der Empfänger dem Absender unbedingt glauben musste.

«Was denn glauben?»

«Dass er ihn liebt. Wobei nur das Bild zählt. Das allein sagt die Wahrheit. Welches Motiv schlägst du vor?»

Ich musste lachen. Sie saß im Schneidersitz auf meinem Tisch, hatte Kniestrümpfe und einen Pullover mit Zebrastreifen an und sah aus wie eine Puppe aus einem Märchenfilm.

«Den Sternenhimmel», sagte ich, wohlwissend, dass sie bei Bedarf sogar die Sterne vom Himmel lügen würde.

«Kein guter Vorschlag. Das ist ein Abklatsch dieser Karte. Sag etwas Besseres.»

«Also gut, dann Wasser. Ein Fluss, ein See, ganz egal. Ein natürliches Gewässer.»

«Einverstanden, aber ohne Segelschiffe, Möwen oder dergleichen.»

«Natürlich.»

Ich lenkte ein, weil ich von ihren Kindereien so langsam genug hatte.

Sie küsste die rätselhafte Finsternis der schwarzen Karte und steckte sie liebevoll in ihre Tasche zurück.

Die Wochen vergingen, doch weder meine in altjüngferlicher Liebe entbrannte Mitmieterin noch meine wie eine alternde lesbische Liebhaberin kämpfende Schwiegermutter konnten sich entschließen, ihre «bisherige Wohnsituation aufzugeben». Anstatt ihre Wohnungen zu tauschen, spielten sie sich gegenseitig belastendes Material zu. Ob es sie interessierte oder nicht: Piroska wusste ganz genau, wann ich im Laufe der Jahre meine Schreibmaschine oder meinen Pelzmantel hatte versetzen müssen. Bei einer anderen Gelegenheit erkundigte sie sich nach einem orthodoxen jüdischen Ritual: Ob ich wirklich von ihr erwarte, fragte sie kichernd, dass sie sich als meine Frau den Kopf kahl rasierte und außerhalb des Hauses eine Perücke aufsetzte, so wie meine Mitmieterin, die mir schließlich dieses Opfer gebracht habe? Im Gegenzug hätte ich Piroska fragen können, warum sie ihre in ländlicher Idylle verbrachten Abende anstelle der Pflege ihrer Kakteen und der Bewunderung ihrer Porzellanbücher dem Verfassen anonymer Briefe widmete, die sie der Polizeidirektion von Veszprém zukommen ließ und in denen sie ihren Mann beschuldigte, trotz seiner Parteimitgliedschaft auf einer kirchlichen Trauung bestanden zu haben – wobei eine solche Zeremonie in Wirklichkeit nie stattgefunden hatte. Wie konnte es sein, dass sie in ihrer Arglist sogar so weit ging, in diesen Verleumdungsbriefen die Handschrift ihrer Mutter zu fälschen? Aber ich schwieg und erwähnte auch meinen tobenden Vorgänger mit keiner Silbe, der hin und wieder anrief, um mir zu versichern, früher oder später würde auch ich bei den Sanitätern enden.

Dem Anschein nach machte dieser ganze Terz Piroska überhaupt nichts aus, Tatsache war jedoch, dass er jedes schöne Erlebnis vergiftete. So wurde auch unsere Rumänienreise zu einem Debakel. Auf dem Ausflug lernte Piroska als ihre Chauffeurin und Reisegefährtin in Christa eine schwanenhaft schöne Deutsche kennen, die man sich, obwohl sie Historikerin für russische Religion war, ebenso schwer in einer dunklen, nach Talgkerzen riechenden orthodoxen Kirche vorstellen konnte wie mich in einer Delfinshow. Gleich einem Schwan, der in einem Wintermantel steckt und sich gerade überlegt, ob ihm das Wasser sauber genug ist, um in den See zu steigen, stand Christa auf der Treppe des am Ufer erbauten Mogoşoaia-Schlosses, und Piroska beobachtete sie mit einem Gesichtsausdruck, als wäre Christa nicht aus Paris gekommen, sondern einem Märchen von Andersen entsprungen. Ihre weltgewandte und zugleich bodenständige Art, der unglaublich weite und lange schwarze Mantel, der wie eine Verkleidung wirkte und sogar fürs Drachenfliegen geeignet schien, ihre nach Dünengras duftende Haut, ihre herzförmigen Pupillen und die trotz ihrer auffälligen Größe wunderschönen Zähne gaben sowohl Piroskas Karlsbader Nostalgien als auch ihrem dem jämmerlichen Wohnungskrieg gegenüber empfundenen Abscheu einen so starken Auftrieb, dass die Erinnerung an unsere Exkursion in diesem die Jahreszeit Lügen strafenden, beinahe sommerlichen Dezember einen unangenehmen Beigeschmack zu bekommen drohte.

Aus der Befürchtung heraus, Piroska könnte des ewigen Hin und Hers überdrüssig werden, versuchte ich, die Eheschließung auch ohne gemeinsame Wohnung herbeizuführen. Doch nach Christas Besuch schien Piroska dieser Lösung noch stärker abgeneigt als ohnehin schon. Sie war der Meinung, wir würden unsere Aussichten, in den Westen zu reisen, dadurch nur gefährden, da Ehepaare schwerer einen Reisepass ausgestellt bekamen als Unverheiratete. Ich tat ihre Befürchtung als haltlos ab, worauf sie mich mit empörten Blicken maß und mir dann als Beweis des neuen Bündnisses zwischen ihrem Exmann und ihrer vor Aktivität sprühenden Mutter mit Tränen in den Augen deren Briefwechsel unter die Nase hielt, den sie heimlich entwendet hatte. Dabei warnte sie mich, ja nicht zu vergessen, dass beide bei der Inneren Sicherheit arbeiteten.

An diesem Punkt angekommen, hielt ich es für klug, einen neuen Köder auszuwerfen. «Letzten Endes könnte uns auch dein Vater helfen!»

«Wenn er noch am Leben wäre!», erwiderte Piroska mit Nachdruck. «Dann könnte ich ihn bitten, uns eine Einladung zu schicken. Aber er ist vor zwei Jahren gestorben.»

Ich konnte schließlich keine Sterbeurkunde verlangen, also beschränkte ich mich darauf, ihr mein Beileid zu bekunden: «Das tut mir leid ...»

«Du hast ihn nicht einmal von Fotos her gekannt!»

«Aber einmal hast du erzählt, dass er in Brenndorf zur Welt gekommen ist, in der Nähe von Kronstadt.»

«Stimmt. Na und?»

«Ich habe in der Grundschule gelernt, dass dieses Dorf im alten Ungarn jeden Winter den stärksten Frost gemeldet hat.»

Piroska musste stutzen. Sie verstummte und wurde verlegen. Es war das letzte Mal, dass sie sich von mir verunsichern ließ und das Gefühl hatte, hinter meiner Verschrobenheit könnte sich echte Hingabe verbergen. Denn sie hatte mich immer für einen ausgemachten Parasiten gehalten und war auch meinem Beruf, den sie früher einmal bewundert und als erhaben bezeichnet hatte, mit wachsender Wut begegnet.

Hinzu kam ihr Zorn, als sie Lacis Brief in die Finger bekam, der von Christas Wohnungseinweihung berichtete. Dabei war es ein bitterer Brief, der seinen Verfasser zutiefst verletzt zeigte: «Weißt du noch, wie ich herumgerannt bin, um für Christas Ikonen eine Ausfuhrgenehmigung zu bekommen? Über den Kauf hat sie sich doch so gefreut! Jetzt hängen sie hier alle an der Wand, und trotzdem war sie auf der Party, bei der sich mir zuliebe sogar Sheryl und Zoli die Ehre gegeben haben – wobei Zoli die halbe Nacht musiziert hat – von keinem Gast so genervt wie von mir.»

Piroska interessierte an der ganzen Geschichte einzig, dass Christa sich in der Innenstadt von Paris eine Zweizimmerwohnung leisten konnte – wenn auch erst nach langem Sparen und um den Preis großer Schulden.

«Wie hätte sie von deinem Freund nicht genervt

sein sollen?», ereiferte sie sich. «Wenn der immer nur große Reden schwingt, dass die westliche Kunst in Eitelkeit und Selbstverliebtheit schwelge, dass der ganze Westen keinen Glauben habe, dass in Frankreich immer noch strikte Klassengesellschaft herrsche und er lieber in Ungarn lebe. Doch dann behauptet er wieder, bei uns gebe es überhaupt kein geistiges Leben! Plapper mir gefälligst nicht dazwischen, jetzt rede ich! Natürlich hat er das gesagt, und zwar auf der Rumänienreise, ich kann mich noch genau erinnern!»

«Aber in was für einem Zusammenhang! Bedenke doch …»

«Halt den Mund! Grabkreuze hier, Grabfiguren da!» Sie deutete auf die Fotos an meiner Zimmerwand. «Das sagt doch alles! Klosterfriedhof und Bikini, Heiligtum und mondänes Leben! Euer ganzes Dasein ist schizophren.»

«Deines etwa nicht?»

«In meinem Fall ist das nur natürlich. Ich bin eine ‹Bozgor›. Seit neuestem sogar eine ‹Banghina›.»

«Eine was?»

«Eine Heimatlose. Eine Dahergelaufene. Such dir aus, was dir lieber ist. Ich kann von Glück reden, wenn ich nur in zwei und nicht in zehn Stücke gerissen werde. Übrigens hier!»

Sie kramte den Roman von Emily Brontë aus ihrer Tasche, den ich ihr vor ein paar Tagen ausgeliehen hatte, und warf ihn auf den Tisch. «Schau, da steht die Wahrheit geschrieben! Diese Person wusste genau, dass ein Entwurzelter sogar dann ein Scheusal ist, wenn er liebt. Wie der Held dieses Romans, dieser Heathcliff! Der hatte aber wenigstens Verstand genug, sein elendes Dorf hinter sich zu lassen, sobald er erwachsen war, um reich zu werden. Also ciao!» Diese Worte schrie Piroska mir bereits vom Flur entgegen. Sie knallte die Tür hinter sich zu und ging.

Drei Tage später rief ich sie an, um ihr mitzuteilen, dass meine Mitmieterin todkrank war. «Sie hat Krebs und muss dringend operiert werden.»

«Wer's glaubt, wird selig.»

«Sie wird operiert», wiederholte ich ernst, was Piroska mit dem schwärzesten Medizinerhumor kommentierte: «Was gibt es an einem Krebskranken denn bitte zu operieren? Haben die keine Dum-Dum-Geschosse?»

Nicht einmal mit Cytisin wäre es ihr schnell genug gegangen.

Piroska war immer schon schlank gewesen, in dem Winter nahm sie aber so weit ab, dass ihre Arme nun wirklich Streichhölzern glichen. Ich selbst war wegen der ständigen Aufregung so stark von Schuppenflechte entstellt, dass ich es für ratsam hielt, mich einer erneuten, auch von Piroska empfohlenen Kur zu unterziehen, dieses Mal in Harkány.

Ein paar Tage vor meiner Abreise wurde in den Budapester Kinos die *Madonna der Dünen* gespielt. Abends saßen wir aneinandergeschmiegt und händchenhaltend im Kino, am nächsten Morgen rief Piroska an und schrie ins Telefon, sie wolle mich nie wieder sehen. An dieser Entscheidung hielt sie bis zum Tag meiner Abreise fest.

Kaum in Harkány angekommen, erhielt ich jedoch das Telegramm:

+++ Betreffende hat heute Morgen angerufen zu deinem Geburtstag schreibt sie oder kommt dich besuchen ... +++

Nach zwei Tagen des inneren Kampfes sah ich ein, dass es in der Tat das Beste war, einfach abzuwarten. Schließlich war Piroska auch bei unserer ersten Trennung in dem Moment zu mir zurückgekehrt, als ich aufgehört hatte, sie zu verfolgen, und verreiste.

Die Nächte waren unerträglich, die Tage hingegen recht angenehm. Ich machte ausgiebige Spaziergänge durch die frühlingshafte Landschaft, wanderte bis zum bulgarischen Soldatenfriedhof oder noch weiter. In der Ferne sah ich, wie sich die Straße zwischen den bewaldeten Bergen schlängelte und die Autos lange an der Sichtgrenze herumkreisten, bevor sie den Hügel hinunterglitten. Das hieß, dass vor Piroskas Ankunft, die ganz gewiss war, durch die Kurven allerdings verzögert, auch ihr Wartburg mehrmals vor meinem Fernglas auftauchen würde, sodass die Panik und die an einen streunenden Hund erinnernde Scheu, deren Ausdruck sie immer als abstoßend empfunden hatte, noch rechtzeitig aus meinem Gesicht verschwinden konnten.

Ich nahm mir vor, auch am Vormittag meines Geburtstages die Landstraße in Richtung Pécs einzuschlagen, auf der sie angefahren kommen musste, und so lange an ihr entlangzugehen, bis wir einander trafen. Seit ich Piroska kannte, waren Landstraßen zu meiner zweiten Heimat geworden.

Außer mit Spazierengehen verbrachte ich die zwischen meinen Behandlungen verbleibende Zeit mit Lesen und Schreiben. Wobei ich, so wie manche Menschen den Kaffeesatz lasen oder an Silvester Blei gossen, jede Buchseite nach geheimen Zeichen und versteckten Hinweisen durchforstete, um etwas über meine Zukunft in Erfahrung zu bringen. Einige Worte aus Gaston de Gerlache de Gomerys Buch *Retour dans l'Antarctique* deutete ich zum Beispiel als schlechtes Omen. Dort hieß es nämlich, die im Königin-Maud-Land erbauten Baracken der Forschungsstation dieser Expedition wären von «südpol-orangener Farbe» gewesen. Wie hätte ich da nicht an Piroskas in Karlsbad gekauftes Polohemd denken sollen, das sie in ihrem Wartburg übergezogen hatte, wobei sie von den drei angeblichen Dokumentarfilmern begafft worden war.

Die Lektüre eines Delfinbuchs hob meine Laune wieder. In der Fachsprache wurde eine gemeinsam wandernde Gruppe dieser faszinierenden Tiere Schule genannt: *In der Regel leben in einer Schule 15 bis 40 Exemplare zusammen.* Da auch Piroska eine Zeitlang in einer Schulzahnarztpraxis gearbeitet hatte, bewirkte der folgende Satz, dass ich mit meinem Menschsein Frieden schließen konnte: *Beim Delfin variiert die Anzahl der Zähne sehr stark. In der Regel haben die Tiere beidseitig 42 bis 50 Zähne, es sind aber schon Exemplare gesichtet worden, die auf jeder Seite von Ober- und Unterkiefer 53 Zähne besaßen, insgesamt also 212. Und Grasse berichtet von einem Tier, in dessen Maul 260 Zähne gezählt worden sind.*

Was hätte der Ehemann einer Zahnärztin, die in einer solchen Schulpraxis arbeitete, bitte für ein Familienleben zu erwarten? Was würde ich machen, während Piroska all die vielen Löcher bohren und füllen musste? Da hätte ich ja gleich aufs Land ziehen können!

Es gab Morgen, an denen ich beim Anblick des geöffneten Fensters des Wassergymnastikraums mit seinem leicht beiseitegezogenen Kattunvorhang, der auch in der Praxis eines Dorfarztes als Sichtschutz hätte dienen können, keinen Schmerz mehr empfand. Ich blieb stehen, um einen kurzen Blick auf das im Dunkeln schlafende Wasser zu werfen, und versank in minutenlanges Starren. Während ich die schwarze Wasseroberfläche betrachtete, die einer Schallplatte glich, vernahm ich den darauf schlummernden Klang von Hörnern, Trommeln und Becken und lauschte der den unsichtbaren Rillen eingebrannten Musik, die ich mir als einen alten und ekstatisch fröhlichen Marsch vorstellte.

Was mochte auf der anderen Seite der Platte sein?

I

Ich war noch ein kleiner Junge, da ist mir einmal versprochen worden, dass wir in den Wanderzirkus gehen, der am Kirchweihplatz seine Zelte aufgeschlagen hatte. Kurz bevor die Vorstellung beginnen sollte, stellte sich jedoch heraus, dass wir Gäste erwarteten und aus diesem Grund zu Hause bleiben mussten. Ich brach vor Enttäuschung in Verzweiflung aus und begann so furchtbar zu schluchzen, dass ich weder durch gutes Zureden noch durch Schelte wieder beruhigt werden konnte. Im Gegenteil: Je mehr Zeit verstrich, desto heftiger wurde ich von Weinkrämpfen geschüttelt. Nur für einen kurzen Moment kam ich ein wenig zur Besinnung; als unsere Wanduhr zehn schlug. Obwohl ich erst sechs Jahre alt war, wusste ich: Jetzt ist es zu spät. Doch durch die Gewissheit wurde alles nur noch schlimmer. Man versprach mir, am folgenden Tag in den Zirkus zu gehen, zeigte mir die umgetauschten Eintrittskarten – vergeblich. Am Rande einer Ohnmacht war ich dennoch fest davon überzeugt, nach meinem Tod geradewegs in den Zirkushimmel zu kommen.

Schließlich ergriff meine Tante Panni, damals noch ein junges Mädchen, mit leiser Stimme das Wort und sagte zu meinem Großvater: «Gehen Sie mit ihm hin.»

«Aber die Vorstellung ist doch zu Ende!»

«Das macht nichts.»

Bis heute weiß ich nicht, warum er auf sie hörte.

Opa nahm mich bei der Hand, und durch die Gassen der schlafenden Kleinstadt machten wir uns auf den Weg zum Kirchweihplatz. Schon hatten wir Straßenlaternen und Gehsteige hinter uns gelassen und erreichten den Platz. Er war wie ausgestorben. In der undurchdringlichen Dunkelheit blitzte einzig die goldene Manschettenschnur an der Uniform meines Großvaters auf. Sehen konnte ich nichts, aber als ich auf den weichen Erdboden trat, stieg mir durch die Schuhsohlen eine beruhigende und erlösende Hoffnung die Hosenbeine hinauf. Voller Zuversicht blieb ich stehen und konnte in der Tiefe der Finsternis allmählich den riesigen, atmenden Hügel erahnen, dessen Umrisse sich fortwährend bewegten: Mal verschwammen sie, mal zeichneten sie sich von neuem ab, und dort, wo sie eben noch in sich zusammengefallen waren, blähte sich die verlockende Silhouette wieder auf, die Kuppel schwoll an und hob sich zum Himmel. Vorsichtig und wie verzaubert stapfte ich auf den Hügel zu. Die schwere Plane schlug mit leisem Geräusch in den von der Donau kommenden Wind, und die straffen Seile, mit denen die Zeltstangen befestigt waren, summten und sangen leise vor sich hin. Das Zelt flog, ohne sich von der Stelle zu bewegen, mich aber überkam, während wir wieder und wieder den stummen Zirkus umkreisten, eine immer tiefere Ehrfurcht, eine unauflösliche Freude, überwältigender als die glücklichste Vorstellung meines Lebens.

II

Im Winter des Jahres 1946 wurde bei einem der Züge, mit denen man die ungarische Bevölkerung aus Oberungarn deportierte, der erste Waggon für Säuglinge eingerichtet – mit großer Behutsamkeit, um die Babys vor jeglicher Gefahr zu schützen. Er war gefüllt mit weißen Tragekörben, Proviant und massenweise Medikamenten. Und auch die Heizung funktionierte hervorragend, was bei minus zwanzig Grad dringend notwendig war. Zu guter Letzt wurde an der Außenseite des Waggons ein auffälliges Schild mit der Aufschrift *Opatrovňa* angebracht.

Tannenwälder und spiegelglatt gefrorene Bäche glitten im Mondschein vorüber. Hierzulande hatte man nicht einmal während des Krieges Buchstaben in Frakturschrift gesehen.

Der Zug war schon tief in Mähren angelangt, als an einer Dorfstation im Licht von Scheinwerfern und unter lautem Gehämmer, wildem Geklirre und aufgeregtem Geschrei zwei Waggons voller Schafe an den Zug angekoppelt wurden: einer ans Ende, ein weiterer direkt hinter die Lokomotive – die von da an das Abteil mit den Schafen heizte.

Wer auch immer das angeordnet hatte, konnte nicht wissen, was er da anrichtete, denn das auffällige Schild mit der Aufschrift *Opatrovňa* befand sich zu diesem Zeitpunkt nicht mehr am Waggon – und die an seiner Stelle aufgemalte Ziffer war vom Schnee mit einem weißen Pelz überzogen worden. Der mehrfach auf die Polizei zitierte Stationschef, dessen Entlassung daraufhin ernsthaft in Erwägung gezogen wurde, führte zu seiner Rechtfertigung das Fehlen einer gut sichtbaren Kennzeichnung an.

Das Schild war bereits an der Grenze einem Offizier der Inneren Sicherheit ins Auge gestochen. Er hatte entschieden, dass es nicht ratsam war, aller Welt kundzutun, worin die Fracht bestand, ganz egal, welche Sorgfalt auf die Einrichtung des Waggons verwendet worden war. Also entfernte der Offizier das auffällige Schild, nahm ein Stück Kreide zur Hand, überlegte kurz und schrieb zur Unterscheidung von den anderen Waggons, die mit arabischen Ziffern gekennzeichnet waren und die erwachsenen Heimatlosen beförderten, eine römische Eins an den Waggon mit den Säuglingen. Dann hatte der Zug seine Fahrt Richtung Mähren fortgesetzt.

III

Am Abend vollendete Laci sein Gedicht über die Deportierten. Dann zog er bis Mitternacht durch die Straßen, allein darauf konzentriert, ja nicht an sein Werk zu denken; er musste es erst wieder vergessen, um es beurteilen zu können.

Er beschwor quälende Erinnerungen herauf, malte sich die denkbar bedrohlichsten Szenarien aus, doch das nützte nichts: Tief in seinem Innern war er glücklich. Er schlug finstere Nebenstraßen ein und trat in düstere Hauseingänge, in denen die Depression nur so heulte und pfiff. Er stellte sich vor, er stolpere an der Ecke über Béla Kondor, der ihm erzählt, Kosztolányi spaziere gerade über die Akademiestraße; er trage unter seinem pelzbesetzten Umhang die Anstecknadel der französischen Ehrenlegion und sei ganz bleich, weil er sich auf dem Weg zu Révai befinde, den er im Interesse der Verlegung Attila Józsefs ins Gefängnisspital um eine Anhörung bitten wolle …

Schließlich kehrte Laci nach Hause zurück, setzte sich hinter seinem Tag und Nacht mit blauem Papier abgeklebten Fenster an den Schreibtisch, las sein Gedicht und fand es «vollkommen hirnrissig». Also warf er es in den Müll und sank unter Schluchzen aufs Bett. Später versuchte er zu beten, und mit einem Mal begann ihm zu dämmern, dass Jesus seinen Anhängern nicht die Unsterblichkeit als Dichter versprochen hatte und dass man, um selig zu werden, kein Genie sein musste. Ein wenig beruhigt, weinte er sich in den Schlaf. Nie wieder würde er sich dieser Kunst widmen, das war sicher.

Dann kam es aber doch anders.

Im Morgengrauen erwachte er plötzlich mit einem so klaren Kopf, als vernähme er den Schall von Hörnern. Er machte Licht, kramte sein Manuskript aus dem Papierkorb, nahm eine Schere und machte sich ans Werk: Blindlings zerschnitt er die Seiten, schnipselte schmalere und breitere Streifen, fügte die Teile neu zusammen, arbeitete ohne zu überlegen, einzig vom Unbewussten geleitet, das ihm die richtige Reihenfolge der Fragmente zu diktieren schien. Und plötzlich ergab das Gedicht einen Sinn. Zwar überflog Laci es noch einmal vom ersten bis zum letzten Vers, doch da wusste er bereits, dass es gut war. Genauer gesagt, dass es so war, wie er es wollte. Dass er es gefunden hatte.

3

Die Badekabine mit der römischen Eins war ursprünglich als Familienkabine gedacht gewesen. Neben den beiden in den Boden eingelassenen Wannen, die man sogar als kleine Schwimmbecken hätte benutzen können, hatten in dem komfortablen und großzügigen Raum einstmals auch Liegen und geflochtene Korbsessel Platz gefunden. Heute waren diese Möbelstücke verschwunden, und die Patienten gaben sich im Dreißig-Minuten-Takt die Klinke in die Hand, für eine Ruhepause blieb ihnen keine Zeit. Da ich aber immer heimlich vor Sonnenaufgang zu baden pflegte, wurde ich von nichts und niemandem gestört. Um diese Zeit lag das Krankenhaus noch in tiefem Schlummer.

Ich schloss die angemoderte Tür und knipste die Deckenlampe an. Wie in einer Kapelle fiel das Licht aus großer Höhe auf mich herab und reichte gerade mal aus, um durch die vor Feuchtigkeit glänzende Luft zu schimmern, nicht jedoch, um die Dunkelheit aufzulösen. Ich war allein, doch das stetig aufflammende und wieder verglimmende Flackern sowie das Spiel der Wassertropfen, die sich an den gekachelten Wänden sammelten und dann herabkullerten, erweckten den Eindruck, Menschen mit brennenden Kerzen in der Hand würden in der Kabine auf- und abschreiten. Bereits dreizehnmal war ich, während ich bis zum Kinn im Wasser lag, Zeuge dieser Prozession geworden. Von Zeit zu Zeit traten die unsichtbaren Kerzenträger zusammen, und die Lichtpunkte verdichteten sich, dann wieder wurden sie weit auseinandergezogen. Hier und da beugten sich zwei oder drei der Träger zueinander, um ihre erloschenen Kerzen am Docht der anderen neu zu entzünden: Dann wurde die Flamme größer, und die Wassertropfen verschmolzen.

Ich schloss das runde Lüftungsfenster und setzte mich auf den einzigen Hocker, um zu warten, bis sich die Luft erwärmt hatte. Wirklich hell war es nur in der Mitte der Kabine, auf einem etwa körpergroßen Fleck, auf den das Licht der Lampe senkrecht herabfiel. Die traurige Leere des angestrahlten Steins versetzte mir Tag für Tag einen Stich. Es machte den Anschein, als wären die römischen Soldaten gerade erst fortgezogen, als hätte das tote Mädchen, das bei der Weihe der Badekabine geopfert worden war, eben noch an genau dieser Stelle auf dem Steinboden gelegen.

Manchmal zog die Prozession kaum einen Meter von der hellerleuchteten Stelle entfernt an der nahen Wand vorüber, dann wieder hielt sie sich im Dunkeln verborgen, als irrte sie in einem fernen Kirchenschiff herum. Doch plötzlich tauchten ihre Lichter grell und in unerwarteter Nähe auf, als würden sie hinter den Säulen eines unsichtbaren Gewölbes hervortreten.

In Wahrheit jedoch kamen sie aus der Stille meiner Kindheit, aus jener befreienden Verlorenheit, in die ich wieder zurücksank, wenn ich am Morgen einsam in der Wanne mit der römischen Eins lag. Doch heute war der Tag gekommen, an dem ich mich Piroska zuliebe wieder in einen Erwachsenen verwandeln musste. Schließlich kam sie nicht aus Budapest nach Harkány gefahren, um ein Kleinkind zu besuchen, sondern ihren Kavalier!

Mit der heiligen Cäcilia – einer heimlichen Christin, die ihre Jungfräulichkeit auch in der Ehe zu wahren gewusst hatte und die von den Prätorianern nach einem vergeblichen Versuch, sie in ihrem Badehäuschen im Dampf zu ersticken, auf dem Steinboden enthauptet wurde – hatte Piroska beileibe keine Ähnlichkeit. Ich hingegen hatte in meiner Kindheit keine der Heiligen so verehrt wie die heilige Cäcilia. Vielleicht, weil ich mit meinen acht Jahren mit dem Mädchen, in das ich damals verliebt war, auch keine andere als die Josephsehe einzugehen wünschte – dabei wusste ich, dass meine Angebetete statt in einer Wanne bestenfalls in einer großen Waschschüssel oder in einem Trog badete ... Doch was würde Piroska zu diesem jungfräulichen Ideal sagen, da ihr doch nichts fremder war als das Märtyrertum und wo sie in ihrem Leben völlig ungerührt an entzündeten Zahnwurzeln und Kiefern herumbohrte? Nüchtern betrachtet konnte ich diese Frage nicht anders beantworten, als dass sie dazu nichts sagen, sondern mich nur auslachen würde. Wie kam ich also auf den Gedanken, ich könnte auch fernerhin derselbe bleiben, der ich bis zu diesem Morgen gewesen war? Warum glaubte ich, sie würde mich gerade so lieben, wie ich war? Vielleicht weil die Erinnerung an unsere Versöhnung mir noch so lebhaft vor Augen stand?

Sie war mir bis in die Tschechoslowakei nachgereist, warum sollte sie also nicht zu mir nach Harkány gefahren kommen, das von Budapest nur eine Armlänge entfernt war?

Angesichts eines überzeugenden Arguments wäre ich bereit gewesen, die tiefsinnigsten Gedanken eines Pascal eine Sekunde lang für pure Einfalt zu halten. Doch schon im nächsten Augenblick fiel mir die Postkarte ein, die Laci mir aus England geschrieben hatte und die vor ein paar Tagen bei mir eingetrudelt war. Er empfahl mir, auf eine Enttäuschung gefasst zu sein.

Natürlich hätte ich mir einreden können, was alle guten und weniger guten Bekannten von ihm sagten: «Laci kennt die Frauen nicht!» Doch selbst wenn das stimmte, wusste ich auch: Es genügt, dass er mich kennt.

Als er im Herbst von einem Schriftstellerkongress in Südamerika zurückkehrte, fegte er seinen über und über mit Briefen und Büchern bedeckten Schreibtisch mit einem Schwung frei, um mir das Foto eines kleinen Jungen zu zeigen. Das in seiner Schönheit geradezu beunruhigende Gesicht des Kindes hatte Laci auf irgendeiner Dorfstraße in Paraguay fotografiert. Jetzt lehnte er sich in seinem Sessel zurück und zündete sich eine Zigarette an. In einem gespielt gleichgültigen Ton und mit Pokergesicht fragte er mich: «Wer ist das, Levente?»

Natürlich konnte diese Frage niemand auf der Welt beantworten. Der Junge war ihm schließlich zufällig über den Weg gelaufen, ferner in einem Moment, in dem er selbst mutterseelenallein war. Hinter seiner undurchdringlichen Maske harrte Laci dennoch mit der Zuversicht eines Halbwüchsigen auf meine Antwort, und im Bann des Augenblicks entschlüpfte mir auch prompt: «Der fünfjährige Heathcliff.»

Nun sprang er begeistert auf und umarmte mich. «Nicht wahr?», rief er jubelnd und so stolz, als wäre ihm der schönste Vers seines Lebens geglückt. Wobei das Foto tatsächlich einen Glückstreffer darstellte, auch wenn es zum Abdruck nicht geeignet war und aus diesem Grunde nie irgendeine Berühmtheit erlangen würde.

Aber vielleicht war Laci Piroskas und meinem weiteren Schicksal durch einen ähnlichen Zufall auf die Schliche gekommen? Vielleicht hatte er mit den Zeilen, die er aus Yorkshire geschrieben hatte, tatsächlich recht?

Während meine Erinnerung an dieses Foto lediglich bewies, wie gut Laci mich kannte, enthielt das Andenken an den stotternden Priesterseminaristen bereits die Mahnung, dass es für mich bei dieser ganzen Geschichte um nichts Geringeres ging als den moralischen Sieg oder die Niederlage ebendieser Art.

Immer noch saß ich auf dem Hocker in der sich allmählich aufheizenden Badekabine und ließ vor meinem geistigen Auge das Bild dieses jungen Mannes auferstehen, dem Laci und ich in der Wirklichkeit eines Tages gemeinsam begegnet waren. Auf der Rückfahrt unserer Rumänienreise hatten wir einen Abstecher in das siebenbürgische Karlsburg gemacht, damit Christa bei einem kleinen Spaziergang die kaum fünfzig Jahre alte orthodoxe Kathedrale kennenlernen konnte – zumindest von außen.

Auf dem Weg dorthin öffnete ich Lacis Widerstreben zum Trotz von der verlassenen Straße aus die Tür der katholischen Klosterschule, die versteckt am Fuße der im 13. Jahrhundert erbauten erzbischöflichen Kathedrale lag, und trat auf den Gang des Konvikts. Ein Seminarist in Zivilkleidung ging in dem staubigen Licht und der Eiseskälte des Klosters auf und ab. Dabei las er laut seine Lektion vor – offenbar war er nur auf diese Weise in der Lage, sie zu behalten. Er referierte sie nicht nur mit lauter Stimme, sondern auch stotternd und mit einem starken Sprachfehler, ließ sich durch die Anwesenheit der zwei wildfremden Menschen jedoch kein bisschen stören. Obwohl wir seelenruhig und ohne jegliche Rücksichtnahme auf den Seminaristen durch das Gebäude schritten, übte er weiter, wiederholte unablässig seine Lektion für den nächsten Tag.

Wir kehrten zum Wartburg zurück und fuhren los. Doch erst nachdem wir schon eine ganze Weile schweigend durch die Nacht gebraust waren, ergriff Laci das Wort: «Weißt du, Levente, es gibt nicht vieles, was ich sicher weiß, über eines hege ich aber nicht den geringsten Zweifel: dass dieser Junge mit seinem Stottern und seiner Unbeholfenheit, so ruhmlos er in seinem Auftreten auch sein mochte, es jederzeit mit einem ganzen Heer von Panzern aufnehmen könnte und so stark ist wie die amerikanische Flotte im Mittelmeer oder sechzig Geheimpolizeien zusammen. Das ist die eine Seite. Aber in einem Land, wo solche Menschen in Vergessenheit geraten, wo ihre Existenz nicht mehr wahrgenommen wird, da ist das geistige Leben bereits erloschen, auch wenn jedes Jahr zehn Kossuth-Statuen eingeweiht und hundert verschiedene Literaturzeitschriften herausgegeben werden.»

Wir befanden uns kurz vor der Grenze, ich saß im

Fond des Wartburgs, und mir wäre nicht einmal im Traum der Gedanke gekommen, dass seine Anklage mir gegolten haben könnte. Erst jetzt, da ich um Piroskas Liebe bangte, begriff ich plötzlich, dass Laci auch mich gemeint hatte; meine durch die Begierde verengte Wahrnehmung, mein von Instinkten getriebenes Leben.

Wie gern hätte ich aus Lacis Freundschaft Ruhe und Hoffnung geschöpft, doch es gelang mir auch dieser Tage nicht: zu sehr irritierte mich sein fluchtartiges Verschwinden aus Karlsbad, dessen Hintergründe er mir bewusst verschwieg und zu dem er, sichtlich angetrunken, nur so viel äußerte, als dass er in jener Nacht tatsächlich herumgestreunt war – er war weit auf die umliegenden Felder hinausgelaufen und hatte sich dort verirrt. Irgendwann muss er sich auf dem Golfplatz wiedergefunden haben, wo ihm gegen Morgen, wie er erklärte, ein Erlebnis widerfahren sei, das mit jedem Science-Fiction-Film hätte mithalten können.

Bei seinen Worten dachte ich unwillkürlich an das Flugzeug, das auf dem Golfplatz gelandet war. Auf dem Flug von Prag nach Budapest hatten ein paar der Passagiere davon gesprochen. Doch in Anbetracht seiner Behördenphobie wagte ich nicht, Laci direkt danach zu fragen. Obwohl sich die Zeiten geändert hatten, stand ihm beim geringsten Anzeichen einer Gefahr noch immer das Schreckensbild des in Clownskleidern zum

Verhör geschleppten Primas vor Augen, in dem sich für ihn alles Grauen, alle Angst vor körperlicher und seelischer Erniedrigung verdichteten. Und so merkte ich lediglich an: «Ich kann es mir schon denken.»

«Wirklich?»

Obwohl er lächelte, funkelte in seinen Augen der Glanz von Platin – bei ihm ein untrügliches Zeichen dafür, dass er etwas nicht aussprechen durfte. Also versuchte ich, ihn mit einem kleinen Scherz aus der Reserve zu locken: «Hast du etwa ein UFO gesehen? Hattest du ein Erlebnis der Dritten Art?»

Wieder lächelte er, als wollte er mit Goethes Faust sagen: «Nenn' es wie du willst: Gefühl ist alles, Name ist Schall und Rauch.» Dann klopfte er mir auf die Schulter und lachte wie ein Raubvogel: «Spar dir die UFOs für dein nächstes Buch auf!»

Ihm war bekannt, dass ich mitten in den Vorbereitungen für einen Roman steckte, in welchem ich den Geheimnissen um Heathcliffs Herkunft und seinem Weg nach England nachzuspüren gedachte sowie den Schleier der Geschichte jener Jahre ein Stückchen zu lüften, denen die Autorin nichts als ein paar rätselhafte Sätze gewidmet hatte. Ich wollte erzählen, was Heathcliff nach seiner Flucht von Wuthering Heights erlebt, wo und wie er zu Reichtum gelangt. In Anbetracht des Originals, dessen Entstehung mir so mysteriös erschien wie die Erbauung von Stonehenge, verfolgte ich die Absicht, in meinem Roman den wildesten Spekulationen und Fantasien Raum zu geben. Hinsichtlich der Ereignisse in Karlsbad hätte es mir dagegen genügt, wenn Laci offener gewesen wäre, denn seine aufrichtige Antwort hätte mir, so glaubte ich, den Schlüssel zu Piroskas Leben beschert.

Doch er wollte einfach nicht damit rausrücken, obwohl er sah, dass mich seine Geheimniskrämerei zur Weißglut brachte. Mit einer weltmännischen Überheblichkeit, die vollkommen untypisch für ihn war, tat er, als bemerkte er meine Verzweiflung gar nicht, dabei war er alles andere als ein «als Mönch verkleideter Lebemann», wie Ali so gern spottete. Das Motiv des kleinen Jungen, der am Strand nach Kieselsteinen sucht, kehrte in seinen Gedichten immer wieder, und Laci verwendete es mit solch einer Demut, dass er buchstäblich von sich hätte sagen können: «Ich weiß nicht, wie ich der Welt erscheine; aber mir selbst komme ich nur wie ein Knabe vor, der am Meeresstrand spielte und sich damit vergnügte, hin und wieder einen glatteren Kiesel oder eine hübschere Muschel als gewöhnlich zu finden, während der ganze große Ozean der Wahrheit unentdeckt vor mir lag.»

Newton, von dem diese Worte stammen, hat seinerzeit übrigens selbst einen Science-Fiction-Film zur Vorführung gebracht und sein Heimatdorf in der Grafschaft Lincolnshire damit in Angst und Schrecken versetzt: Im Alter von zwölf Jahren stellte er sich eines Nachts auf einen Hügel und ließ einen Drachen in den Himmel steigen, der mit einer entzündeten Laterne versehen war. Dabei handelte es sich bei seinem Spielzeug beileibe um kein geheimnisvolles Raumschiff, das den Helden von *Sturmhöhe* hätte auf die Erde bringen und wieder mitnehmen können, zum Beispiel bevor er in Liverpool gefunden wird, später bei seinem Verschwinden oder auch am Tage seiner neuerlichen, unerwarteten Wiederkehr …

Was Lacis Postkarte betraf, fand ich den Gedanken wenig tröstlich, dass der Ausdruck «Science-Fiction-Film» womöglich nur zur Tarnung seiner Depression gedient haben könnte, in die er in jener Karlsbader Nacht mit nie gekannter Macht verfallen war. Denn inzwischen hätte nicht einmal ich noch zu sagen vermocht, welche Stimmungslage zuerst da gewesen war: Lacis zunehmende Lethargie oder Christas Gereiztheit. Jedenfalls hatte Christa die Postkarte nicht unterschrieben, obwohl Laci sie sicher darum gebeten hätte, wenn sie mit ihm zusammen nach England geflogen wäre – und zwar allein schon deshalb, weil wir abgemacht hatten, dass ich daraus würde ersehen können, wie es um die beiden stand. Das Motiv der Postkarte war ein Plan von Brontë Country, und auf der Briefmarke prangte der Stempel des Postamts von Haworth. Ted Hughes, Lacis Freund und Übersetzer, war in einem der benachbarten Dörfer zur Welt gekommen, und das Haus, in das er Laci eingeladen hatte, befand sich unweit von dem Pfarrheim, in dem Emily Brontë *Sturmhöhe* geschrieben hatte. Ich wusste, dass Laci immer davon geträumt hatte, diese von menschlichen Menhiren bevölkerte Gegend kennenzulernen. Dennoch dürfte er nun, da er sie allein durchstreifen musste, größeren Schmerz empfunden haben, als wenn er in Paris geblieben wäre – was möglicherweise der Grund dafür gewesen war, warum er seine Meinung über mich und Piroska ausgerechnet aus Haworth so offen äußerte: «Auf die Gefahr hin, Dich zu verletzen, Levente, muss ich Dir sagen, dass Du nie eine gute Liebesbeziehung haben wirst. Die mit Piroska ist keine, und die nächste wird auch nicht anders sein. Verzeih mir! Es umarmt Dich Dein Laci.»

Böse war ich ihm nicht, doch ich hoffte natürlich, am Ende würde Ali recht behalten, und Piroska habe sich aus Kummer gemeldet, weil sie mal wieder auf irgendeinen Draufgänger hereingefallen war. Und wenn dem tatsächlich so war, dann hatte sie das mit dem Schreiben nur erwähnt, um ihr Gesicht zu wahren. Bestimmt hatte sie auch dieses Mal vor, unverzüglich herzukommen, und war zur Stunde gar schon unterwegs.

So jäh, als stünde sie bereits in der Tür, sprang ich von meinem Hocker und bereute, tatenlos herumgesessen und so viel Zeit vergeudet zu haben. Jetzt wollte ich mich beeilen und griff, ohne mich auszuziehen, über die Wanne hinweg, um den Wasserhahn aufzudrehen. Mitten in der Bewegung hielt ich inne. Ich hatte das Gefühl, aus sehr großer Entfernung auf den ockerfarbenen Grund der Wanne zu schauen, als säße ich auf einer hohen Galerie und blickte in eine Manege hinunter, deren Beleuchtung noch nicht angeschaltet war.

Der Morgen schimmerte blau durch das kleine Fenster. Binnen kurzer Zeit würde das Licht der aufgehenden Sonne das Glas zum Glühen bringen und mit einem hellen Strahl das Badewasser erleuchten. Obwohl ich mich über die Morgendämmerung hätte freuen sollen, wünschte ich mir plötzlich, es würde sich alles bloß verdunkeln. Ich sehnte mich nach dem Abend, nach einer noch nie gesehenen finsteren Nacht.

Ich drehte den Hahn auf, und das Wasser begann, auf die honiggelben Fliesen zu donnern. Ich hörte den Klang von Becken. Vor mir erblickte ich die zur Galerie führende Eisentreppe. Die Kartenabreißerin öffnete den Vorhang, und schon verwandelten sich die winzigen Lichtpunkte der Wassertropfen in ferne, unter der Kuppel des Zeltes angebrachte Reflektoren. Das Licht war gedämpft, es herrschte das feierliche Zwielicht, das der Hauptattraktion zeremoniell voranging.

Ich zog mich hastig aus. So mager wie jetzt dürfte ich zuletzt in Kindheitstagen gewesen sein: Sowohl Kummer als auch Glück bewirkten, dass ich an Gewicht verlor. Durch das schwefelhaltige Wasser und die lange

Quarzkur war meine Haut weitgehend kuriert, der Kalk, der sich in meiner Wirbelsäule abgelagert hatte, war in der weißen Mühle der Massagekabinen zermahlen worden, und die Krankengymnastik hatte mir meine alte Elastizität wiedergegeben. Als ich mich einen Moment lang an die mit braunen Kacheln verkleidete Wand lehnte, sah ich, dass meine Schultern ebenso braun glänzten wie sie.

Um den Grund der Wanne zu erreichen, musste ich vier Stufen hinabsteigen – genau wie im Zirkus, wo wir in der letzten Reihe gesessen hatten. Dann versank ich im Wasser. Mittlerweile war es bei der obersten Stufe angelangt, und ich musste den Hahn abdrehen. Das Orchester verstummte, nur die Flöten in den Eisenrohren spielten sanft weiter, während die Wassertropfen einen leisen Wirbel trommelten. In der Stille lag frohe Erwartung: Diese Nacht durfte ich mit meinen Eltern verbringen, heute waren wir alle drei vereint. Eigentlich waren sie längst geschieden, und ich habe nie erfahren, was sie an diesem Abend zusammengeführt hatte.

Der meterhohe Stahlkäfig, der die Manege einschloss, war fertig aufgestellt, und auf dem Spiegel der schwarzen Wasseroberfläche erschien ein Clown, der im Scheinwerferlicht ein Schild mit dem Titel der nächsten Attraktion herumzeigte. Dann verschwand er, und ein klapperdürres, kleines Mädchen erschien im Lichtkegel des Reflektors. Es stand in der Mitte der mit Sägemehl ausgestreuten Arena, zwischen den für die Raubtiere bereitgestellten Hockern, und sah dabei so keck und tapfer aus, als hätte es das aus dem Volksmärchen bekannte Hemd angezogen, das seinen Träger mit seinem unter Tränen gesponnenen Garn, seiner unter Tränen gebleichten Leinwand und seinem unter Tränen genähten Tuch besser zu schützen vermochte als Eisen und Stahl.

«Das ist Prisca!», raunte jemand in der Reihe vor uns. Kaum hatte er das ausgesprochen, wurde die Arena in eine Feuerflut gleißenden Lichts getaucht, und während das Orchester einen Marsch anspielte, huschten die Königstiger einer nach dem anderen in die Manege. Ihr Gebrüll übertönte sogar die Trompeten, doch ihr Gang erinnerte an die Zartheit und Leichtigkeit von schäumendem Wasser. Immer schneller und schneller drehten sie ihre Runden entlang des Stahlkäfigs, bis sie einen glänzenden Samtring um die kleine, kecke Figur bildeten, die mit ihrer knallenden Peitsche über sie gebot wie eine Schäferin über ihre Lämmer. Ich ergriff die Hände meiner Eltern, zog sie zu mir heran und schlang sie ineinander. Vor Aufregung war ich wie gelähmt, und auch Vater und Mutter rührten sich nicht – als wollten sie sich nie wieder voneinander lösen. Als wären wir eine richtige Familie. Vereint bis zum Ende der Zeiten.

Obwohl wir so weit weg saßen, erschien die Manege

niemandem so schön wie uns: So etwas hatte weder meine Mutter, die im Sanatorium nachts nur im Schein einer unter der Decke versteckten Taschenlampe lesen konnte, noch mein Vater, der auf Anordnung des Hauptmieters nach zehn Uhr kein Licht mehr machen durfte, jemals gesehen. Und ich erst recht nicht: Zu Hause in Mohács wurde ich für nichts so oft gescholten wie für die zu große Flamme und das gesprungene Glas der Petroleumlampe.

Plötzlich presste Mutter ihr Taschentuch an den Mund und hustete. Der erstickte Klang war leise, aber dennoch im ganzen Zelt zu hören. Hunderte Gesichter wandten sich zu uns um, ein Raunen ging durch das Publikum. Hatten die Menschen erkannt, dass sie an einer ansteckenden Krankheit litt? Oder waren nur Vaters Ohren, die so viel größer und vor allem so viel schlapper waren als jedes andere Publikumsohr in Parkett, Loge oder Galerie, in den Mittelpunkt der Aufmerksamkeit geraten? In dem Augenblick war ich nicht mehr vor Aufregung, sondern vor Angst wie gelähmt.

Auf meine Furcht fiel jetzt ein ferner Lichtstrahl: der Blick der Dompteurin, die zwischen den auf den Hockern kauernden Tigern stand. «Hab nur Mut!», schienen die stechend schwarzen Augen, die winzige, spitze Nase und das kleine, scharfe Kinn zu sagen. Und tatsächlich – meine Angst hatte sich in Luft aufgelöst. Ich erhob mich und begann todesmutig, die zur tiefen Manege führende, endlose Treppe hinabzusteigen. Dabei kam ich mir allerdings nicht vor wie ein Märtyrer, ich war nicht der heilige Ignatius von Antiochia, der sich für das Korn Christi hielt und den Raubtieren mit Freuden entgegensah, weil er sich einbildete, nachdem ihn deren Zähne zermalmt hätten, werde er zum Brot des Herrn. Es war aber auch nicht nur Prisca, die mich so anzog. Vielmehr war es die Manege selbst, die mir mit ihrem zum Ritual gezähmten Grauen friedlicher schien als die Welt außerhalb des Stahlkäfigs. Ich war so nervös wie vor meinem ersten Ministrantendienst, als ich befürchtete, ich könnte den Moment für das Glöckchenläuten verpassen oder das bleischwere Messbuch fallen lassen. Doch dann schlug mir der aus der Manege aufsteigende, an den kühlen Duft des zur Mönchszelle mutierten Plumpsklos gemahnende Geruch in die Nase, und ich beruhigte mich ein wenig. Langsam schritt ich vorwärts, während ich alles um mich herum überdeutlich wahrnahm: Ich hörte das Raunen im Zuschauerraum und das Fauchen der Tiger, ich sah Prisca und den befrackten Zirkusdirektor, der mit seinem Sprachrohr um Ruhe bat.

«Signore e signori!», rief er. «Lassen Sie mich Ihnen Fräulein Priscas Worte übersetzen: Wenn einer der Anwesenden gegen den kleinen Jungen dort etwas einzuwenden hat», und er streckte seinen Arm in meine Richtung aus, «so soll er sich unverzüglich in die Manege begeben! Prisca und ihre Tiger werden ihn herzlich willkommen heißen! Prego, signori, prego! Avanti!»

Augenblicklich verwandelte sich das unheilverkündende Gemurmel in kleinlautes Gelächter, und um mich herum waren mit einem Schlag nur noch feige und verlegene Gesichter zu sehen. Der Zirkusdirektor öffnete die Käfigtür, und ich betrat das funkensprühende Sägemehl.

Prisca ließ ihren spöttischen, aber wohlwollenden Blick über meine zu langen Shorts und meine hahnenkammartig in die Höhe ragenden Haare schweifen und wies dann auf einen kleinen Tisch, der hinter den im Halbkreis aufgestellten Hockern stand. «Geh und zünde die Fackel an!»

Noch bevor ich den ersten Schritt tun konnte, erloschen sämtliche Scheinwerfer. Die Manege war stockfinster, vor mir sah ich nur noch die glühenden Augen der Tiger. Zwischen zwei Hockern und vier furchterregenden Leuchtkäfern hindurch gelangte ich zu dem Tischchen, auf dem eine kleine blaue Flamme brannte. Ich nahm die Fackel, zündete sie an und machte wieder kehrt.

Währenddessen hatte Prisca mit dem Rücken zu mir in einer gleichsam beiläufigen wie anmutigen Haltung dagestanden, als wartete sie an einer stillen Waldlichtung auf den Erdbeeren pflückenden Jungen. Nur dass sie sich statt gegen einen Baumstamm gegen die mit einem Ring versehene Eisenstange lehnte. Sie schien die nahende Flamme zu spüren, oder vielleicht hatte sie auch den auf dem Sägemehl tanzenden Schatten gesehen, den die Flamme warf, zumindest wandte sie sich um, nahm mir die Fackel ab und gab mir das Zeichen, zur Seite zu treten. Dann stellte sie sich auf die Zehenspitzen und hielt die Fackel an den Eisenring, der knisternd Feuer fing und bald lichterloh brannte.

Plötzlich hatte ich das Gefühl, in dem grellen Licht zu erblinden. Die soeben für eine Minute verschwundene Sonne schien jetzt wieder mit voller Kraft durch das Fenster und stach mir ins Auge. Kabine und Wanne waren von Licht geflutet: Es war heller Morgen. Die Seife, die ich noch gar nicht angerührt hatte, kippte, glitt in die Wanne und verschwand mit einem Platschen in den Tiefen des schwefeligen Thermalwassers. Während ich versuchte, sie aufzufangen, verschwand der Zirkus, und die Manege wurde wieder zu schimmernden Kacheln, die schwarz-gelb gestreiften Tiger zu glitzernden Flecken und Reflexen.

Erneut musste ich mich fragen, ob ich glücklich sein sollte oder traurig. Denn obgleich ich an Piroskas Seite von der gleichen glühenden Freude erfüllt wurde wie bei Priscas Anblick bei der Zirkusvorstellung, war inzwischen doch ein Menschenalter vergangen, in dessen Verlauf ich meine Unschuld verloren hatte, aber nicht erwachsen geworden war. Meine Mutter konnte trotzdem nie wieder an meiner Seite sein, weder im Zirkuszelt noch sonst irgendwo. Auch Piroska würde, vorausgesetzt, sie käme her, nicht etwa einen verzückten kleinen Jungen vorfinden, sondern einen alternden Mann. Und auf dem Manuskript, das in meinem Zimmer lag, schien ein viel größeres Gewicht zu lasten, als jene Reisekisten schwer waren, unter denen ich mein erstes Gedicht begraben hatte: die Angst, mein Buch würde das Licht der Welt nie erblicken. Wo war meine kindliche Ruhe geblieben, wo war der Junge, der beim Gedichteschreiben noch geahnt hatte, was sein Freund später in Worte fassen sollte: «Ich habe immer schon gewusst, dass es auf einem Stern, fünf Millionen Lichtjahre von hier, die schönsten Sonnenaufgänge gibt, ohne dass irgendjemand sie sieht – in tödlicher Präzision, in vollkommener Ordnung, unermüdlich, seit Jahrmillionen.»

Jahrmillionen? Für uns zählt doch bloß, wie viele Tage bis zur Sendung unseres Hörspiels oder Fernsehfilms vergehen, wie lange es dauert, bis unser Buch erscheint. Das sind die Zeiträume, in denen wir denken! Im Gegensatz zu dieser Badekabine, die, von ihrem märtyrerhaften Glorienschein erstrahlt, einzig von der Ewigkeit zeugte. Hier hatte sich die Zeit in trügerischen Lichtreflexen zu einzelnen Tropfen aufgelöst, und hier hatte das Sonnenlicht die Wände so weiß gewaschen wie das Gemäuer der Kapelle von Le Coq, in der Piroska und der aus der Antarktis zurückgekehrte Kameramann sich hatten trauen lassen.

Auf der Grußkarte zu meinem Geburtstag, die mir der Pförtner aushändigte und auf der Piroska Ort und Datum ihrer Hochzeit genau vermerkt hatte, war aber nicht die der Madonna der Dünen geweihte Kapelle zu sehen. Auch keine von Meeresschaum umspülte Mole oder auf Pferderücken dahertrabende Krebsfischer. Nur das Meer.

B 18/3

Imre Kertész. Nobelpreis für Literatur 2002

«Wenn man mich fragte: Was hält Sie noch auf dieser Welt, was hält Sie am Leben? Ich würde, ohne zu zögern, antworten: die Liebe.» *(Rede zur Verleihung des Nobelpreises)*

Die englische Flagge
Erzählungen. rororo 22572

Fiasko
Roman. rororo 22909

Galeerentagebuch
Roman. rororo 22575

Eine Gedankenlänge Stille, während das Erschießungskommando neu lädt
Essays. rororo 22571

Kaddisch für ein nicht geborenes Kind
Roman. rororo 22574

Ich – ein anderer
Roman. rororo 22573

Detektivgeschichte
rororo 24233

Liquidation
Roman. rororo 24156

Dossier K.
Eine Ermittlung
rororo 24207

Roman eines Schicksallosen
«Kertész hat mit sparsamsten Mitteln eine Sprache gefunden, die vieles verschweigt, aber alles sagt. Da legt einer Zeugnis ab, für den Leiden und Leben identisch sind. Im Schmerz erfährt er Wahrheit. Im Unglück ahnt er so etwas wie Glück.» (Süddeutsche Zeitung)

rororo 22576

Weitere Informationen in der Rowohlt Revue *oder unter* www.rororo.de

MIX
Papier aus verantwortungsvollen Quellen
FSC® C019821

Das für dieses Buch verwendete FSC®-zertifizierte Papier *Lux Cream* liefert Stora Enso, Finnland.